Le Crime
de
Sylvestre Bonnard
Membre de l'Institut

1529-10. — Coulommiers. Imp. PAUL BRODARD. — 11-10

ANATOLE FRANCE

DE L'ACADÉMIE FRANÇAISE

Le Crime
de
Sylvestre Bonnard
Membre de l'Institut

ILLUSTRATIONS DE PAUL DESTEZ

PARIS
CALMANN-LÉVY, ÉDITEURS
3, RUE AUBER, 3

PREMIÈRE PARTIE

LA BÛCHE

24 décembre 1849.

J'avais chaussé mes pantoufles et endossé ma robe de chambre. J'essuyai une larme dont la bise qui soufflait sur le quai avait obscurci ma vue. Un feu clair flambait dans la cheminée de mon cabinet de travail. Des cristaux de glace, en forme de feuilles de fougère, fleurissaient les vitres des fenêtres et me cachaient la Seine, ses ponts et le Louvre des Valois.

J'approchai du foyer mon fauteuil et ma table volante, et je pris au feu la place qu'Hamilcar daignait me laisser. Hamilcar, à la tête des chenêts, sur un coussin de plume, était couché en rond, le nez entre ses pattes. Un souffle égal soulevait sa fourrure épaisse et légère. A mon approche, il coula doucement ses prunelles d'agate entre ses paupières mi-closes qu'il referma presque aussitôt, en songeant : « Ce n'est rien, c'est mon ami. »

— Hamilcar ! lui dis-je, en allongeant les jambes, Hamilcar, prince somnolent de la cité des livres, gardien nocturne ! tu défends contre de vils rongeurs les manuscrits et les imprimés que le vieux savant acquit au prix d'un modique pécule et d'un zèle infatigable. Dans cette bibliothèque silencieuse, que protègent tes vertus militaires, Hamilcar, dors avec la mollesse d'une sultane ! Car tu réunis en ta personne l'aspect formidable d'un guerrier tartare à la grâce appesantie d'une femme d'Orient. Héroïque et voluptueux Hamilcar, dors en attendant l'heure où les souris danseront, au clair de la lune, devant les *Acta sanctorum* des doctes Bollandistes.

Le commencement de ce discours plut à Hamilcar, qui l'accompagna d'un bruit de gorge pareil au chant d'une bouilloire. Mais ma voix s'étant élevée, Hamilcar m'avertit en abaissant les oreilles et en plissant la peau zébrée de son front, qu'il était malséant de déclamer ainsi. Et il songeait :

— Cet homme aux bouquins parle pour ne rien dire, tandis que notre gouvernante ne prononce jamais que des paroles pleines de sens, pleines de choses, contenant soit l'annonce d'un repas, soit la promesse d'une fessée. On sait ce qu'elle dit. Mais ce vieillard assemble des sons qui ne signifient rien.

Ainsi pensait Hamilcar. Le laissant à ses réflexions, j'ouvris un livre que je lus avec intérêt, car c'était un catalogue de manuscrits. Je ne sais pas de lecture plus facile, plus attrayante, plus douce que celle d'un catalogue. Celui que je lisais, rédigé en 1824, par M. Thompson, bibliothécaire de sir Thomas Raleigh, pèche, il est vrai, par un excès de brièveté et ne présente point ce genre d'exactitude que les archivistes de ma génération introduisirent les premiers dans les ouvrages de diplomatique et de paléographie. Il laisse à désirer et à deviner. C'est peut-être pourquoi j'éprouve, en le lisant, un sentiment qui, dans une nature plus imaginative que la mienne, mériterait le nom de rêverie. Je m'abandonnais doucement au vague de mes pensées quand ma gouvernante m'annonça d'un ton maussade que M. Coccoz demandait à me parler.

Quelqu'un en effet se coula derrière elle dans la bibliothèque. C'était un petit homme, un pauvre petit homme, de mine chétive, et vêtu d'une mince jaquette. Il s'avança vers moi en faisant une quantité de petits saluts et de petits sourires. Mais il était bien pâle, et, quoique jeune et vif encore, il semblait malade. Je songeai, en le voyant, à un écureuil blessé. Il portait sous son bras une toilette verte qu'il posa sur une chaise; puis, défaisant les quatre oreilles de la toilette, il découvrit un tas de petits livres jaunes.

— Monsieur, me dit-il alors, je n'ai pas l'honneur d'être connu de vous. Je suis courtier en librairie, monsieur. Je fais la place pour les principales maisons de la capitale, et, dans l'espoir que vous voudrez bien m'honorer de votre confiance, je prends la liberté de vous offrir quelques nouveautés.

Dieux bons! dieux justes! quelles nouveautés m'offrit l'homonculus Coccoz! Le premier volume qu'il me mit dans la main fut l'*Histoire de la Tour de Nesle*, avec les amours de Marguerite de Bourgogne et du capitaine Buridan.

— C'est un livre historique, me dit-il en souriant, un livre d'histoire véritable.

— En ce cas, répondis-je, il est très ennuyeux, car les livres d'histoire qui ne mentent pas sont tous fort maussades. J'en écris moi-même de véridiques, et si, pour votre malheur, vous présentiez quelqu'un de ceux-là de porte en porte, vous risqueriez de le garder toute votre vie dans votre serge verte, sans jamais trouver une cuisinière assez mal avisée pour vous l'acheter.

— Certainement, monsieur, me répondit le petit homme, par pure complaisance.

Et, tout en souriant, il m'offrit les *Amours d'Héloïse et d'Abeilard*, mais je lui fis comprendre qu'à mon âge je n'avais que faire d'une histoire d'amour.

Souriant encore, il me proposa la *Règle des jeux de société* : piquet, bésigue, écarté, whist, dés, dames, échecs.

— Hélas! lui dis-je, si vous voulez me rappeler les règles du bésigue, rendez-moi mon vieil ami Bignan, avec qui je jouais aux cartes, chaque soir, avant que les cinq académies l'eussent conduit solennellement au cimetière, ou bien encore abaissez à la frivolité des jeux humains la grave intelligence d'Hamilcar que vous voyez dormant sur ce coussin, car il est aujourd'hui le seul compagnon de mes soirées.

Le sourire du petit homme devint vague et effaré.

— Voici, me dit-il, un recueil nouveau de divertissements de société, facéties et calembours, avec les moyens de changer une rose rouge en rose blanche.

Je lui dis que j'étais depuis longtemps brouillé avec les roses et que, quant aux facéties, il me suffisait de celles que je me permettais, sans le savoir, dans le cours de mes travaux scientifiques

L'homonculus m'offrit son dernier livre avec son dernier sourire. Il me dit :

— Voici la *Clef des songes*, avec l'explication de tous les rêves qu'on peut faire : rêve d'or, rêve de voleur, rêve de mort, rêve qu'on tombe du haut d'une tour... C'est complet!

J'avais saisi les pincettes, et c'est en les agitant avec vivacité que je répondis à mon visiteur commercial :

— Oui, mon ami, mais ces songes et mille autres encore, joyeux et tragiques, se résument en un seul; le songe de la vie; et votre petit livre jaune me donnera-t-il la clef de celui-là?

— Oui, monsieur, me répondit l'homonculus. Le livre est complet et pas cher : un franc vingt-cinq centimes, monsieur.

Je ne poussai pas plus loin mon entretien avec le colporteur. Que mes paroles aient été prononcées telles que je les rapporte, je n'oserais l'affirmer. Peut-être les ai-je quelque peu amplifiées en les mettant par écrit. Il est bien difficile d'observer, même en un journal, la vérité littérale. Mais si ce ne fut mon discours, c'était ma pensée.

J'appelai ma gouvernante, car il n'y a pas de sonnette en mon logis.

— Thérèse, dis-je, monsieur Coccoz, que je vous prie de reconduire, possède un livre qui peut vous intéresser : c'est la *Clef des songes*. Je serai heureux de vous l'offrir.

Ma gouvernante me répondit :

— Monsieur, quand on n'a pas le temps de rêver éveillée, on n'a pas davantage le temps de rêver endormi, Dieu merci ! mes jours suffisent à ma tâche, et ma tâche suffit à mes jours, et je puis dire chaque soir : « Seigneur, bénissez le repos que je vais prendre ! » Je ne songe ni debout ni couchée, et je ne prends pas mon édredon pour un diable, comme cela arriva à ma cousine. Et si vous me permettez de donner mon avis, je dirai que nous avons assez de livres ici. Monsieur en a des mille et des mille qui lui font perdre la tête, et moi j'en ai deux qui me suffisent, mon Paroissien et ma *Cuisinière bourgeoise*.

Ayant ainsi parlé, ma gouvernante aida le petit homme à renfermer sa pacotille dans la toilette verte.

L'homonculus Coccoz ne souriait plus. Ses traits détendus prirent une telle expression de souffrance que je fus aux regrets d'avoir raillé un homme aussi malheureux. Je le rappelai et lui dis que j'avais lorgné du coin de l'œil *l'Histoire d'Estelle et de Némorin*, dont il possédait un exemplaire, que j'aimais beaucoup les bergers et les bergères et que j'achèterais volontiers, à un prix raisonnable, l'histoire de ces deux parfaits amants.

— Je vous vendrai ce livre un franc vingt cinq, monsieur, me répondit Coccoz, dont le visage rayonnait de joie. C'est historique et vous en serez content. Je sais maintenant ce qui vous convient. Je vois que vous êtes un connaisseur. Je vous apporterai demain les

ET TOUT EN SOURIANT IL M'OFFRIT LES *Amours d'Héloïse et d'Abeilard.*

Crimes des papes. C'est un bon ouvrage. Je vous apporterai l'édition d'amateur, avec les figures coloriées.

Je l'invitai à n'en rien faire et le renvoyai content. Quand la toilette verte se fut évanouie avec le colporteur dans l'ombre du corridor, je demandai à ma gouvernante d'où nous était tombé ce pauvre petit homme.

— Tombé est le mot, me répondit-elle; il nous est tombé des toits, monsieur, où il habite avec sa femme.

— Il a une femme, dites-vous. Thérèse? Cela est merveilleux! Les femmes sont de bien étranges créatures Celle-ci doit être une pauvre petite femme.

— Je ne sais trop ce qu'elle est, me répondit Thérèse, mais je la vois chaque matin traîner dans l'escalier des robes de soie tachées de graisse. Elle coule des yeux luisants Et, en bonne justice, ces yeux et ces robes-là conviennent-ils à une femme qu'on a reçue par charité? Car on les a pris dans le grenier pendant le temps qu'on répare le toit, en considération de ce que le mari est malade et la femme dans un état intéressant. La concierge dit même que ce matin elle a senti les douleurs et qu'elle est alitée à cette heure. Ils avaient bien besoin d'avoir un enfant!

— Thérèse, répondis-je, ils n'en avaient sans doute nul besoin. Mais la nature voulait qu'ils en fissent un, elle les a fait tomber dans son piège. Il faut une prudence exemplaire pour déjouer les ruses de la nature. Plaignons-les et ne les blâmons pas! Quant aux robes de soie, il n'est pas de jeune femme qui ne les aime. Les filles d'Ève adorent la parure. Vous-même, Thérèse, qui êtes grave et sage, quels cris vous poussez quand il vous manque un tablier blanc pour servir à table! Mais, dites-moi, ont-ils le nécessaire dans leur grenier?

— Et comment l'auraient-ils, monsieur? Le mari, que vous venez de voir, était courtier en bijouterie, à ce que m'a dit la concierge, et on ne sait pas pourquoi il ne vend plus de montres. Il vend maintenant des almanachs. Ce n'est pas là un métier honnête, et je ne croirai jamais que Dieu bénisse un marchand d'almanachs. La femme, entre nous, m'a tout l'air d'une propre à rien, d'une Marie-couche-toi-là. Je la crois capable d'élever un enfant comme moi de jouer de la guitare. On ne sait d'où cela vient, mais je suis certaine qu'ils arrivent par le coche de Misère du pays de Sans-Souci.

— D'où qu'ils viennent, Thérèse, ils sont malheureux, et leur grenier est froid.

— Pardi! le toit est crevé en plusieurs endroits et la pluie du ciel y coule en rigoles. Ils n'ont ni meubles ni linge. L'ébéniste et le tisserand ne travaillent pas, je pense, pour des chrétiens de cette confrérie-là!

— Cela est fort triste, Thérèse, et voilà une chrétienne moins bien pourvue que ce païen d'Hamilcar. Que dit-elle?

— Monsieur, je ne parle jamais à ces gens-là. Je ne sais ce qu'elle dit, ni ce qu'elle chante. Mais elle chante toute la journée. Je l'entends de l'escalier quand j'entre ou quand je sors.

— Eh bien! l'héritier des Coccoz pourra dire comme l'œuf, dans la devinette villageoise : « Ma mère me fit en chantant. » Pareille chose advint à Henri IV. Quand Jeanne d'Albret se sentit prise des douleurs, elle se mit à chanter un vieux cantique béarnais :

> Notre Dame du bout du pont,
> Venez à mon aide en cette heure!
> Priez le Dieu du ciel
> Qu'il me délivre vite,
> Qu'il me donne un garçon!

Il est évidemment déraisonnable de donner la vie à des malheureux. Mais cela se fait journellement, ma pauvre Thérèse, et tous les philosophes du monde ne parviendront pas à réformer cette sotte coutume. Madame Coccoz l'a suivie et elle chante. Voilà qui est bien! Mais, dites-moi, Thérèse, n'avez-vous pas mis aujourd'hui le pot-au-feu?

— Je l'ai mis, monsieur, et même il n'est que temps que j'aille l'écumer.

— Fort bien! mais ne manquez point, Thérèse, de tirer de la marmite un bon bol de bouillon, que vous porterez à madame Coccoz, notre hyper-voisine.

Ma gouvernante allait se retirer quand j'ajoutai fort à propos :

— Thérèse, veuillez donc, avant tout, appeler votre ami le commissionnaire, et dites-lui de prendre dans notre bûcher une bonne crochetée de bois qu'il montera au grenier des Coccoz. Surtout qu'il ne manque pas de mettre dans son tas une maîtresse bûche, une vraie bûche de Noël. Quant à l'homonculus, je vous prie, s'il

SURTOUT QU'IL NE MANQUE PAS DE METTRE UNE MAÎTRESSE BÛCHE.

revient, de le consigner poliment à ma porte, lui et tous ses livres jaunes.

Ayant pris ces petits arrangements avec l'égoïsme raffiné d'un vieux célibataire, je me remis à lire mon catalogue.

Avec quelle surprise, quelle émotion, quel trouble j'y vis cette mention, que je ne puis transcrire sans que ma main tremble :

« *La légende dorée de Jacques de Gênes (Jacques de Voragine), traduction française, petit in-4°.*

» Ce manuscrit, du XIVe siècle, contient, outre la traduction assez complète de l'ouvrage célèbre de Jacques de Voragine : 1° les légendes des saints Ferréol, Ferrution, Germain, Vincent et Droctovée ; 2° un poème sur la *Sépulture miraculeuse de Monsieur Saint Germain d'Auxerre*. Cette traduction, ces légendes et ce poème sont dus au clerc Jean Toutmouillé.

» Le manuscrit est sur vélin. Il contient un grand nombre de lettres ornées et deux miniatures finement exécutées, mais dans un mauvais état de conservation ; l'une représente la Purification de la Vierge, et l'autre le couronnement de Proserpine. »

Quelle découverte ! La sueur m'en vint au front, et mes yeux se couvrirent d'un voile. Je tremblai, je rougis et, ne pouvant plus parler, j'éprouvai le besoin de pousser un grand cri.

Quel trésor ! J'étudie depuis quarante ans la Gaule chrétienne et spécialement cette glorieuse abbaye de Saint-Germain-des-Prés d'où sortirent ces rois-moines qui fondèrent notre dynastie nationale. Or, malgré la coupable insuffisance de la description, il était évident pour moi que ce manuscrit provenait de la grande abbaye. Tout me le prouvait : les légendes ajoutées par le traducteur se rapportaient toutes à la pieuse fondation du roi Childebert. La légende de saint Droctovée était particulièrement significative, car c'est celle du premier abbé de ma chère abbaye. Le poème en vers français, relatif à la sépulture de saint Germain, me conduisait dans la nef même de la vénérable basilique, qui fut le nombril de la Gaule chrétienne.

La *Légende dorée* est par elle-même un vaste et gracieux ouvrage. Jacques de Voragine, définiteur de l'ordre de Saint Dominique et archevêque de Gênes, assembla, au XIIIe siècle, les traditions relatives aux saints de la catholicité, et il en forma un recueil d'une telle richesse qu'on s'écria dans les monastères et dans les châteaux : « C'est la légende dorée ! » La *Légende dorée* est surtout opulente en hagiographie italienne. Les Gaules, les Allemagnes, l'Angleterre y ont peu de place. Voragine n'aperçoit qu'à travers une froide brume les plus grands saints de l'Occident. Aussi les traducteurs aquitains, germains et saxons de ce bon légendaire prirent-ils le soin d'ajouter à son récit les vies de leurs saints nationaux.

J'ai lu et collationné bien des manuscrits de la *Légende dorée*. Je connais ceux que décrit mon savant collègue, M. Paulin Paris, dans son beau catalogue des manuscrits de la bibliothèque du roi. Il y en a deux notamment qui ont fixé mon attention. L'un est du XIVe siècle, et contient une traduction de Jean Belet, l'autre, plus jeune d'un siècle, renferme la version de Jacques Vignay. Ils proviennent tous deux du fonds Colbert et furent placés sur les tablettes de cette glorieuse Colbertine par les soins du bibliothécaire Baluze, dont je ne puis prononcer le nom sans ôter mon bonnet, car, dans le siècle des géants de l'érudition, Baluze étonne par sa grandeur. Je connais un très curieux codex du fonds Bigot; je connais soixante-quatorze éditions imprimées, à commencer par leur vénérable aïeule à toutes, la gothique de Strasbourg, qui fut commencée en 1471, et terminée en 1475. Mais aucun de ces manuscrits, aucune de ces éditions ne contient les légendes des saints Ferréol, Ferrution, Germain, Vincent et Droctovée, aucun ne porte le nom de Jean Toutmouillé, aucun enfin ne sort de l'abbaye de Saint-Germain-des-Prés. Ils sont tous au manuscrit décrit par M. Thompson ce que la paille est à l'or. Je voyais de mes yeux, je touchais du doigt un témoignage irrécusable de l'existence de ce document. Mais le document lui-même, qu'était-il devenu? Sir Thomas Raleigh était allé finir sa vie sur les bords du lac de Côme où il avait emporté une partie de ses nobles richesses. Où donc s'en étaient-elles allées, après la mort de cet élégant curieux? Où donc s'en était allé le manuscrit de Jean Toutmouillé?

— Pourquoi, me dis-je, pourquoi ai-je appris que ce précieux livre existe, si je dois ne le posséder, ne le voir jamais? J'irais le chercher au cœur brûlant de l'Afrique ou dans les glaces du pôle, si je savais qu'il y fût. Mais je ne sais où il est. Je ne sais s'il est gardé dans une armoire de fer, sous une triple serrure, par un jaloux bibliomane; je ne sais s'il moisit dans le grenier d'un ignorant. Je frémis à la pensée que, peut-être, ses feuillets arrachés couvrent les pots de cornichons de quelque ménagère

30 août 1850.

Une lourde chaleur ralentissait mes pas. Je rasais les murs des quais du nord, et, dans l'ombre tiède, les boutiques de vieux livres, d'estampes et de meubles anciens amusaient mes yeux et parlaient à mon esprit. Bouquinant et flânant, je goûtais au passage quelques vers haut sonnants d'un poète de la pléiade, je lorgnais une élégante mascarade de Watteau, je tâtais de l'œil une épée à deux mains, un gorgerin d'acier, un morion. Quel casque épais et quelle lourde cuirasse, seigneur! Vêtement de géant? Non; carapace d'insecte. Les hommes d'alors étaient cuirassés comme des hannetons; leur faiblesse était en dedans. Tout au contraire, notre force est intérieure, et notre âme armée habite un corps débile.

Voici le pastel d'une dame du vieux temps; la figure, effacée comme une ombre, sourit; et l'on voit une main gantée de mitaines à jour retenir sur des genoux de satin un bichon enrubanné. Cette image me remplit d'une tristesse charmante. Que ceux qui n'ont point dans leur âme un pastel à demi effacé se moquent de moi!

Comme les chevaux qui sentent l'écurie, je hâte le pas à l'approche de mon logis. Voici la ruche humaine où j'ai ma cellule pour y distiller le miel un peu âcre de l'érudition. Je gravis d'un pas lourd les degrés de mon escalier. Encore quelques marches et je suis à ma porte. Mais je devine, plutôt que je ne la vois, une robe qui descend avec un bruit de soie froissée. Je m'arrête et m'efface contre la rampe. La femme qui vient est en cheveux; elle est jeune, elle chante; ses yeux et ses dents brillent dans l'ombre, car elle rit de la bouche et du regard. C'est assurément une voisine et des plus familières. Elle tient dans ses bras un joli enfant, un petit garçon tout nu, comme un fils de déesse, il porte au cou une médaille attachée par une chaînette d'argent. Je le vois qui suce ses pouces et me regarde avec ses grands yeux ouverts sur ce vieil univers nouveau pour lui. La mère me regarde en même temps d'un air mystérieux et mutin; elle s'arrête, rougit à ce que je crois, et me tend la petite créature. Le bébé a un joli pli entre le poignet et le bras, un pli au cou; et de la tête aux pieds ce sont de jolies fossettes qui rient dans la chair rose.

La maman me le montre avec orgueil :

— Monsieur, me dit-elle d'une voix mélodieuse, n'est-ce pas qu'il est bien joli, mon petit garçon?

Elle lui prend la main, la lui met sur la bouche, puis conduit vers moi les mignons doigts roses, en disant :

— Bébé, envoie un baiser au monsieur. Le monsieur est bon, il ne veut pas que les petits enfants aient froid. Envoie-lui un baiser.

Et, serrant le petit être dans ses bras elle s'échappe avec l'agilité d'une chatte et s'enfonce dans un corridor qui, si j'en crois l'odeur, mène à une cuisine.

J'entre chez moi.

— Thérèse, qui peut donc être cette jeune mère que j'ai vue nu-tête dans l'escalier avec un joli petit garçon?

Et Thérèse me répond que c'est madame Coccoz.

Je regarde le plafond comme pour y chercher quelque lumière. Thérèse me rappelle le petit colporteur qui, l'an passé, m'apporta des almanachs pendant que sa femme accouchait.

— Et Coccoz? demandai-je.

Il me fut répondu que je ne le verrais plus. Le pauvre petit homme avait été mis en terre, à mon insu et à l'insu de bien d'autres personnes, peu de temps après l'heureuse délivrance de madame Coccoz. J'appris que sa veuve s'était consolée; je fis comme elle.

— Mais, Thérèse, demandai-je, madame Coccoz ne manque-t-elle de rien dans son grenier?

— Vous seriez une grande dupe, monsieur, me répondit ma gouvernante, si vous preniez souci de cette créature. On lui a donné congé du grenier dont le toit est réparé. Mais elle y reste malgré le propriétaire, le gérant, le concierge et l'huissier. Je crois qu'elle les a ensorcelés tous. Elle sortira de son grenier, monsieur, quand il lui plaira, mais elle en sortira en carrosse. C'est moi qui vous le dis.

Thérèse réfléchit un moment; puis elle prononça cette sentence :

« Une jolie figure est une malédiction du ciel! »

Bien que sachant à n'en point douter que Thérèse avait été laide et dépourvue de tout agrément dès sa jeune saison, je hochai la tête et lui dis avec une détestable malice :

— Hé! hé! Thérèse, j'ai appris que vous aussi vous eûtes en votre temps une jolie figure.

Il ne faut tenter nulle créature au monde fût-ce la plus sainte.

ELLE TIENT DANS SES BRAS UN JOLI ENFANT.

Thérèse baissa les yeux et répondit :

— Sans être ce qu'on appelle jolie, je ne déplaisais pas. Et si j'avais voulu j'aurais fait comme les autres.

— Qui donc en oserait douter? Mais prenez ma canne et mon chapeau. Je vais lire, pour me récréer, quelques pages du Moréri. Si j'en crois mon flair de vieux renard, nous aurons à dîner une poularde d'un fumet délicat. Donnez vos soins, ma fille, à cette estimable volaille et épargnez le prochain afin qu'il nous épargne, vous et votre vieux maître.

Ayant ainsi parlé, je m'appliquai à suivre les rameaux touffus d'une généalogie princière.

7 mai 1851.

J'ai passé l'hiver au gré des sages, *in angello cum libello*, et voici que les hirondelles du quai Malaquais me trouvent à leur retour tel à peu près qu'elles m'ont laissé. Qui vit peu change peu, et ce n'est guère vivre que d'user ses jours sur de vieux textes.

Pourtant je me sens aujourd'hui un peu plus imprégné que jamais de cette vague tristesse que distille la vie. L'économie de mon intelligence (je n'ose me l'avouer à moi-même) est troublée depuis l'heure caractéristique à laquelle l'existence du manuscrit de Jean Toutmouillé m'a été révélée.

Il est étrange que, pour quelques feuillets de vieux parchemin, j'aie perdu le repos, mais rien n'est plus vrai. Le pauvre sans désirs possède le plus grand des trésors; il se possède lui-même. Le riche qui convoite n'est qu'un esclave misérable. Je suis cet esclave-là. Les plaisirs les plus doux, celui de causer avec un homme d'un esprit fin et modéré, celui de dîner avec un ami ne me font pas oublier le manuscrit, qui me manque depuis que je sais qu'il existe. Il me manque le jour, il me manque la nuit; il me manque dans la joie et dans la tristesse; il me manque dans le travail et dans le repos.

Je me rappelle mes désirs d'enfant. Comme je comprends aujourd'hui les envies toutes-puissantes de mon premier âge!

Je revois avec une singulière précision une poupée qui, lorsque j'avais huit ans, s'étalait dans une méchante boutique de la rue de Seine. Comment il arriva que cette poupée me plut, je ne sais. J'étais très fier d'être un garçon; je méprisais les petites filles et j'attendais avec impatience le moment (qui, hélas! est venu) où une barbe piquante me hérisserait le menton.

IL FALLAIT QUE MA BONNE ME TIRÂT PAR LE BRAS.

Je jouais aux soldats et, pour nourrir mon cheval à bascule, je ravageais les plantes que ma pauvre mère cultivait sur sa fenêtre. C'était là des jeux mâles, je pense! Et pourtant j'eus envie d'une poupée. Les Hercules ont de ces faiblesses. Celle que j'aimais était-elle belle au moins? Non. Je la vois encore. Elle avait une tache de vermillon sur chaque joue, des bras mous et courts, d'horribles mains de bois et de longues jambes écartées. Sa jupe à fleurs était fixée à la taille par deux épingles. Je vois encore les têtes noires de ces deux épingles. C'était une poupée de mauvais ton, sentant le faubourg. Je me rappelle bien que, tout bambin que j'étais et n'ayant pas encore usé beaucoup de culottes, je sentais, à ma manière, mais très vivement, que cette poupée manquait de grâce, de tenue; qu'elle était grossière, qu'elle était brutale. Mais je l'aimais malgré cela, je l'aimais pour cela. Je n'aimais qu'elle. Je la voulais. Mes soldats et mes tambours ne m'étaient plus de rien. Je ne mettais plus dans la bouche de mon cheval à bascule des branches d'héliotrope et de véronique. Cette poupée était tout pour moi. J'imaginais des ruses de sauvage pour obliger Virginie, ma bonne, à passer avec moi devant la petite boutique de la rue de Seine. J'appuyais mon nez à la vitre et il fallait que ma bonne me tirât par le

MONSIEUR LE FILS DE MA SOEUR, JE NE VOUS RECONNAITRAIS PLUS POUR MON NEVEU.

bras. « Monsieur Sylvestre, il est tard et votre maman vous grondera » M. Sylvestre se moquait bien alors des gronderies et des fessées. Mais sa bonne l'enlevait comme une plume, et M. Sylvestre cédait à la force. Depuis, avec l'âge, il s'est gâté et cède à la crainte. Il ne craignait rien alors.

J'étais malheureux. Une honte irréfléchie mais irrésistible m'empêchait d'avouer à ma mère l'objet de mon amour. De là mes souffrances. Pendant quelques jours la poupée, sans cesse présente à mon esprit, dansait devant mes yeux, me regardait fixement, m'ouvrait les bras, prenait dans mon imagination une sorte de vie qui me la rendait mystérieuse et terrible, et d'autant plus chère et plus désirable.

Enfin, un jour, jour que je n'oublierai jamais, ma bonne me conduisit chez mon oncle, le capitaine Victor, qui m'avait invité à déjeuner. J'admirais beaucoup mon oncle, le capitaine, tant parce qu'il avait brûlé la dernière cartouche française à Waterloo que parce qu'il apprêtait de ses propres mains, à la table de ma mère, des chapons à l'ail, qu'il mettait ensuite dans la salade de chicorée. Je trouvais cela très beau. Mon oncle Victor m'inspirait aussi beaucoup de considération par ses redingotes à brandebourgs et surtout par une certaine manière de mettre toute la maison sens dessus dessous dès qu'il y entrait. Encore aujourd'hui, je ne sais trop comment il s'y prenait, mais j'affirme que, quand mon oncle Victor se trouvait dans une assemblée de vingt personnes, on ne voyait, on n'entendait que lui. Mon excellent père ne partageait pas, à ce que je crois, mon admiration pour l'oncle Victor, qui l'empoisonnait avec sa pipe, lui donnait par amitié de grands coups de poing dans le dos et l'accusait de manquer d'énergie. Ma mère, tout en gardant au capitaine une indulgence de sœur, l'invitait parfois à moins caresser les flacons d'eau-de-vie. Mais je n'entrais ni dans ces répugnances ni dans ces reproches, et l'oncle Victor m'inspirait le plus pur enthousiasme. C'est donc avec un sentiment d'orgueil que j'entrai dans le petit logis qu'il habitait rue Guénégaud. Tout le déjeuner, dressé sur un guéridon au coin du feu, consistait en charcuterie et en sucreries.

Le capitaine me gorgea de gâteaux et de vin pur. Il me parla des nombreuses injustices dont il avait été victime. Il se plaignit surtout des Bourbons, et comme il négligea de me dire qui étaient les Bourbons, je m'imaginai, je ne sais trop pourquoi, que les Bourbons étaient des marchands de chevaux établis à Waterloo. Le capitaine, qui ne s'interrompait que pour nous verser à boire, accusa par surcroît une quantité de morveux, de jean-fesse et de propre à rien que je ne connaissais pas du tout et que je haïssais de tout mon cœur. Au dessert, je crus entendre dire au capitaine que mon père était un homme que l'on menait par le bout du nez; mais je ne suis pas bien sûr d'avoir compris. J'avais des bourdonnements dans les oreilles, et il me semblait que le guéridon dansait.

Mon oncle mit sa redingote à brandebourgs, prit son chapeau tromblon, et nous descendîmes dans la rue, qui m'avait l'air extraordinairement changée. Il me semblait qu'il y avait très longtemps que je n'y étais venu. Toutefois, quand nous fûmes dans la rue de Seine, l'idée de ma poupée me revint à l'esprit et me causa une exaltation extraordinaire. Ma tête était en feu. Je résolus de tenter un grand coup Nous passâmes devant la boutique; elle était là, derrière la vitre, avec ses joues rouges, avec sa jupe à fleurs et ses grandes jambes.

— Mon oncle, dis-je avec effort, voulez-vous m'acheter cette poupée?

Et j'attendis.

— Acheter une poupée à un garçon, sacrebleu! s'écria mon oncle d'une voix de tonnerre. Tu veux donc te déshonorer! Et c'est cette Margot-là encore qui te fait envie. Je te fais compliment, mon bonhomme. Si tu gardes ces goûts-là, et si à vingt ans tu choisis tes poupées comme à huit, tu n'auras guère d'agrément dans la vie, je t'en préviens, et les camarades diront que tu es un fameux jobard. Demande-moi un sabre, un fusil, je te les payerai, mon garçon, sur le dernier écu blanc de ma pension de retraite. Mais te payer une poupée, mille tonnerres! pour te couvrir de honte! Jamais de la vie! Si je te voyais jouer avec une margoton ficelée comme celle-là, monsieur le fils de ma sœur, je ne vous reconnaîtrais plus pour mon neveu.

En entendant ces paroles, j'eus le cœur si serré que l'orgueil, un orgueil diabolique, m'empêcha seul de pleurer.

Mon oncle, subitement calmé, revint à ses idées sur les Bourbons; mais moi, resté sous le coup de son indignation, j'éprouvai une honte indicible. Ma résolution fut bientôt prise. Je me promis de ne pas me déshonorer; je renonçai fermement et pour jamais à la poupée aux joues rouges. Ce jour-là je connus l'austère douceur du sacrifice.

Capitaine, s'il est vrai que de votre vivant vous jurâtes comme un païen, fumâtes comme un Suisse et bûtes comme un sonneur, que néanmoins votre mémoire soit honorée, non seulement parce que vous fûtes un brave, mais aussi parce que vous avez révélé à votre neveu en pantalons courts le sentiment de l'héroïsme! L'orgueil et la paresse vous avaient rendu à peu près insupportable, ô mon oncle Victor! mais un grand cœur battait sous les brandebourgs de votre redingote.

Vous portiez, il m'en souvient, une rose à la boutonnière. Cette fleur que vous tendiez si volontiers aux demoiselles de boutique, cette fleur au grand cœur ouvert qui s'effeuillait à tous les vents, était le symbole de votre glorieuse jeunesse. Vous ne méprisiez ni le vin, ni le tabac, mais vous méprisiez la vie. On ne pouvait apprendre de vous, capitaine, ni le bon sens, ni la délicatesse, mais vous me donnâtes, à l'âge où ma bonne me mouchait encore, une leçon d'honneur et d'abnégation que je n'oublierai jamais.

Vous reposez depuis longtemps déjà dans le cimetière du Mont-Parnasse, sous une humble dalle qui porte cette épitaphe :

CI GIT
ARISTIDE-VICTOR MALDENT
CAPITAINE D'INFANTERIE
CHEVALIER DE LA LÉGION D'HONNEUR

Mais ce n'est pas là, capitaine, l'inscription que vous réserviez à vos vieux os tant roulés sur les champs de bataille et dans les lieux de plaisir. On trouva dans vos papiers cette amère et fière épitaphe que, malgré votre dernière volonté, on n'osa mettre sur votre tombe :

CI GIT
UN BRIGAND DE LA LOIRE

C'EST UN GÉNÉRAL, ET IL RESSEMBLE UN PEU A L'ONCLE VICTOR.

— Thérèse, nous porterons demain une couronne d'immortelles sur la tombe du brigand de la Loire.

Mais Thérèse n'est pas ici. Et comment serait-elle près de moi, sur le rond-point des Champs-Élysées? Là-bas, au bout de l'avenue, l'Arc de Triomphe, qui portant sous ses voûtes les noms des compagnons d'armes de l'oncle Victor, ouvre sur le ciel sa porte gigantesque. Les arbres de l'avenue déploient, au soleil du printemps, leurs premières feuilles encore pâles et frileuses. A mon côté, les calèches roulent vers le Bois de Boulogne. J'ai poussé ma promenade sur cette avenue mondaine, et me voici arrêté sans raison devant une boutique en plein air où sont des pains d'épices et des carafes de coco bouchées par un citron. Un petit misérable, couvert de loques qui laissent voir sa peau gercée, ouvre de grands yeux devant ces somptueuses douceurs qui ne sont point pour lui. Il montre son envie avec l'impudeur de l'innocence. Ses yeux ronds et fixes contemplent un bonhomme de pain d'épice d'une haute taille. C'est un général, et il ressemble un peu à l'oncle Victor. Je le prends, je le paye et je le tends au petit pauvre qui n'ose y porter la main, car, par une précoce expérience, il ne croit pas au bonheur; il me regarde de cet air qu'on voit aux gros chiens et qui veut dire : « Vous êtes cruel de vous moquer de moi. »

— Allons, petit nigaud, lui dis-je de ce ton bourru qui m'est ordinaire, prends, prends et mange, puisque, plus heureux que je ne fus à ton âge, tu peux satisfaire tes goûts sans te déshonorer. Et vous, oncle Victor, vous, dont ce général de pain d'épice m'a rappelé la mâle figure, venez, ombre glorieuse, me faire oublier ma nouvelle poupée. Nous sommes d'éternels enfants et nous courons sans cesse après des jouets nouveaux.

Même jour.

C'est de la façon la plus bizarre que la famille Coccoz est associée dans mon esprit au clerc Jean Toutmouillé.

— Thérèse, dis-je en me jetant dans mon fauteuil, apprenez-moi si le jeune Coccoz se porte bien et s'il a ses premières dents, et donnez-moi mes pantoufles.

— Il doit les avoir, monsieur, me répondit Thérèse, mais je ne les ai pas vues. Au premier beau jour de printemps, la mère a disparu avec l'enfant, laissant meubles et hardes. On a trouvé dans son grenier trente-huit pots de pommade vides. Cela passe l'imagination. Elle recevait des visites, dans ces derniers temps, et vous pensez bien qu'elle n'est pas à cette heure dans un couvent de nonnes. La nièce de la concierge dit l'avoir rencontrée en calèche sur les boulevards. Je vous avais bien dit qu'elle finirait mal.

— Thérèse, répondis-je, cette jeune femme n'a fini ni en mal ni en bien. Attendez le terme de sa vie pour la juger. Et prenez garde de trop parler chez la concierge. Madame Coccoz, que j'ai aperçue une fois dans l'escalier, m'a semblé bien aimer son enfant. Cet amour doit lui être compté.

— Pour cela, monsieur, le petit ne manquait de rien. On n'en aurait pas trouvé dans tout le quartier un seul mieux gavé, mieux bichonné et mieux léché que lui. Elle lui met une bavette blanche tous les jours que Dieu fait, et lui chante du matin au soir des chansons qui le font rire.

— Thérèse, un poète a dit « L'enfant à qui n'a point souri sa mère n'est digne ni de la table des dieux ni du lit des déesses. »

8 juillet 1852.

Ayant appris qu'on refaisait le dallage de la chapelle de la Vierge à Saint-Germain-des-Prés, je me rendis dans l'église avec l'espoir de trouver quelques inscriptions mises à découvert par les ouvriers. Je ne me trompais pas. L'architecte me montra une pierre qu'il avait fait poser de champ, contre le mur. Je m'agenouillai pour déchiffrer l'inscription gravée sur cette pierre, et c'est à mi-voix, dans l'ombre de la vieille abside, que je lus ces mots qui me firent battre le cœur :

Cy gist Jehan Toutmouillé, moyne de ceste église, qui fist mettre en argent le menton de saint Vincent et de saint Amant et le pié des Innocens; qui toujours en son vivant fut preud'homme et vayllant. Priez pour l'âme de lui.

J'essuyai doucement avec mon mouchoir la poussière qui souillait cette dalle funéraire; j'aurais voulu la baiser.

— C'est lui, c'est Jean Toutmouillé! m'écriai-je.

Et, du haut des voûtes, ce nom retomba sur ma tête avec fracas, comme brisé.

La face grave et muette du suisse, que je vis s'avançant vers moi, me fit honte de mon enthousiasme, et je m'enfuis à travers les deux goupillons croisés sur ma poitrine par deux rats d'église rivaux.

Pourtant c'était bien mon Jean Toutmouillé! plus de doute; le traducteur de la *Légende dorée*, l'auteur des vies des saints Germain, Vincent, Ferréol, Ferrution et Droctovée, était, comme je l'avais pensé, un moine de Saint-Germain-des-Prés. Et quel bon moine encore, pieux et libéral! Il fit faire un menton d'argent, une tête d'argent, un pied d'argent pour que ces restes précieux fussent couverts d'une enveloppe incorruptible! Mais pourrai-je jamais connaître son œuvre, ou cette nouvelle découverte ne doit-elle qu'augmenter mes regrets?

J'ESSUYAI DOUCEMENT AVEC MON MOUCHOIR.

20 août 1859.

« Moi, qui plais à quelques-uns et qui éprouve tous les hommes, la joie des bons et la terreur des méchants; moi, qui fais et détruis l'erreur, je prends sur moi de déployer mes ailes. Ne me faites pas un crime si, dans mon vol rapide, je glisse par-dessus des années. »

Qui parle ainsi? C'est un vieillard que je connais trop, c'est le Temps.

Shakespeare, après avoir terminé le troisième acte du *Conte d'Hiver*, s'arrête pour laisser à la petite Perdita le temps de croître en sagesse et en beauté, et quand il rouvre la scène, il y évoque l'antique Porte-faux, pour rendre raison aux spectateurs des longs jours qui ont pesé sur la tête du jaloux Léontes.

J'ai laissé dans ce journal, comme Shakespeare dans sa comédie, un long intervalle dans l'oubli, et je fais, à l'exemple du poète, intervenir le Temps, pour expliquer l'omission de dix années. Voilà dix ans, en effet, que je n'ai écrit une ligne dans ce cahier, et je n'ai pas, hélas! en reprenant la plume, à décrire une Perdita « grandie dans la grâce ». La jeunesse et la beauté sont les compagnes fidèles des poètes. Ces fantômes charmants nous visitent à peine, nous autres, l'espace d'une saison. Nous ne savons pas les fixer. Si l'ombre de quelque Perdita s'avisait, par un inconcevable caprice, de traverser ma cervelle, elle s'y froisserait horriblement à des tas de parchemin racorni. Heureux les poètes! leurs cheveux blancs n'effarouchent point les ombres flottantes des Hélène, des Francesca, des Juliette, des Julie et des Dorothée! Et le nez seul de Sylvestre Bonnard mettrait en fuite tout l'essaim des grandes amoureuses.

J'ai pourtant, comme un autre, senti la beauté: j'ai pourtant éprouvé le charme mystérieux que l'incompréhensible nature a répandu sur des formes animées; une vivante argile m'a donné le frisson qui fait les amants et les poètes. Mais je n'ai su ni aimer ni chanter. Dans mon âme, encombrée d'un fatras de vieux textes et de vieilles formules, je retrouve, comme une miniature dans un grenier, un clair visage avec deux yeux de pervenche. . Bonnard, mon ami, vous êtes un vieux fou. Lisez ce catalogue qu'un libraire de Florence vous envoya ce matin même. C'est un catalogue de manuscrits et il vous promet la description de quelques pièces notables, conservées par des curieux d'Italie et de Sicile. Voilà qui vous convient et va à votre mine!

ET LE NEZ SEUL DE SYLVESTRE BONNARD METTRAIT EN FUITE.

Je lis, je pousse un cri. Hamilcar, qui a pris avec l'âge une gravité qui m'intimide, me regarde d'un air de reproche et semble me demander si le repos est de ce monde, puisqu'il ne peut le goûter auprès de moi, qui suis vieux comme il est vieux.

Dans la joie de ma découverte, j'ai besoin d'un confident, et c'est au tranquille Hamilcar que je m'adresse avec l'effusion d'un homme heureux.

— Non, Hamilcar, non, le repos n'est pas de ce monde, et la quiétude à laquelle vous aspirez est incompatible avec les travaux de la vie. Et qui vous dit que nous sommes vieux? Écoutez ce que je lis dans ce catalogue et dites après s'il est temps de se reposer .

« *La légende dorée de Jacques de Voragine; traduction française du XIVe siècle, par le clerc Jehan Toutmouillé.*

» Superbe manuscrit, orné de deux miniatures, merveilleusement exécutées et dans un parfait état de conservation, représentant, l'une la Purification de la Vierge et l'autre le couronnement de Proserpine.

» A la suite de la *Légende dorée* on trouve les Légendes des saints Ferréol, Ferrution, Germain et Droctovée, xxviij pages, et la Sépulture miraculeuse de monsieur Saint Germain d'Auxerre, xij pages.

» Ce précieux manuscrit, qui faisait partie de la collection de sir Thomas Raleigh, est actuellement conservé dans le cabinet de M. Michel-Angelo Polizzi, de Girgenti. »

— Vous entendez, Hamilcar. Le manuscrit de Jehan Toutmouillé est en Sicile, chez Michel-Angelo Polizzi. Puisse cet homme aimer les savants! Je vais lui écrire.

Ce que je fis aussitôt. Par ma lettre, je priais le Seigneur Polizzi de me communiquer le manuscrit du clerc Toutmouillé, lui disant à quels titres j'osais me croire digne d'une telle faveur. Je mettais en même temps à sa disposition quelques textes inédits que je possède et qui ne sont pas dénués d'intérêt. Je le suppliais de me favoriser d'une prompte réponse, et j'inscrivis, au-dessous de ma signature, tous mes titres honorifiques.

— Monsieur! monsieur! où courez-vous ainsi? s'écriait Thérèse effarée, en descendant quatre à quatre, à ma poursuite, les marches de l'escalier, mon chapeau à la main.

— Je vais mettre une lettre à la poste, Thérèse.

— Seigneur Dieu! s'il est permis de s'échapper ainsi, nu-tête, comme un fou.

— Je suis fou, Thérèse. Mais qui ne l'est pas? Donne-moi vite mon chapeau.

— Et vos gants, monsieur! et votre parapluie!

J'étais au bas de l'escalier que je l'entendais encore s'écrier et gémir.

10 octobre 1859.

J'attendais la réponse du Seigneur Michel-Angelo Polizzi avec une impatience que je contenais mal. Je ne tenais pas en place; je faisais des mouvements brusques; j'ouvrais et je fermais bruyamment mes livres. Il m'arriva un jour de culbuter du coude un tome du *Moreri*. Hamilcar, qui se léchait, s'arrêta soudain et, la patte par-dessus l'oreille, me regarda d'un œil fâché. Était-ce donc à cette vie tumultueuse qu'il devait s'attendre sous mon toit? N'étions-nous pas tacitement convenus de mener une existence paisible? J'avais rompu le pacte.

— Mon pauvre compagnon, lui répondis-je, je suis en proie à une passion violente, qui m'agite et me mène. Les passions sont ennemies du repos, j'en conviens; mais, sans elles, il n'y aurait ni industries ni arts en ce monde. Chacun sommeillerait nu sur un tas de fumier, et tu ne dormirais pas tout le jour, Hamilcar, sur un coussin de soie, dans la cité des livres.

Je n'exposai pas plus avant à Hamilcar la théorie des passions, parce que ma gouvernante m'apporta une lettre. Elle était timbrée de Naples et disait :

« Illustrissime seigneur,

» Je possède en effet l'incomparable manuscrit de la *Légende dorée*, qui n'a point échappé à votre lucide attention. Des raisons capitales s'opposent impérieusement et tyranniquement à ce que je m'en dessaisisse pour un seul jour, pour une seule minute. Ce sera pour moi une joie et une gloire de vous le communiquer dans mon humble maison de

J'ÉTAIS AU BAS DE L'ESCALIER.

Girgenti, laquelle sera embellie et illuminée par votre présence. C'est donc dans l'impatiente espérance de votre venue que j'ose me dire, seigneur académicien, votre humble et dévoué serviteur.

» MICHEL-ANGELO POLIZZI,

» négociant en vins
et archéologue à Girgenti (Sicile). »

Eh bien! j'irai en Sicile.

Extremum hunc, Arethusa, mihi concede laborem.

25 octobre 1859.

Ma résolution étant prise et mes arrangements faits, il ne me restait plus qu'à avertir ma gouvernante. J'avoue que j'hésitai longtemps à lui annoncer mon départ. Je craignais ses remontrances, ses railleries, ses objurgations, ses larmes. « C'est une brave fille, me disais-je; elle m'est attachée; elle voudra me retenir, et Dieu sait que, quand elle veut quelque chose, les paroles, les gestes et les cris lui coûtent peu. En cette circonstance, elle appellera à son aide la concierge, le frotteur, la cardeuse de matelas et les sept fils du fruitier; ils se mettront tous à genoux, en rond, à mes pieds; ils pleureront et ils seront si laids que je leur céderai pour ne plus les voir. »

Telles étaient les affreuses images, les songes de malade que la peur assemblait dans mon imagination. Oui, la peur, la peur féconde, comme dit le poète, enfantait ces monstres dans mon cerveau. Car, je le confesse en ces pages intimes : j'ai peur de ma gouvernante. Je sais qu'elle sait que je suis faible, et cela m'ôte tout courage dans mes luttes avec elle. Ces luttes sont fréquentes et j'y succombe invariablement.

Mais il fallait bien annoncer mon départ à Thérèse. Elle vint dans la bibliothèque avec une brassée de bois pour allumer un petit feu, « une flambée », disait-elle. Car les matinées sont fraîches. Je l'observais du coin de l'œil, tandis qu'elle était accroupie, la tête sous le tablier de la cheminée. Je ne sais d'où me vint alors mon courage, mais je n'hésitai pas. Je me levai, et me promenant de long en large dans la chambre :

— A propos, dis-je, d'un ton léger, avec cette crânerie particulière aux poltrons, à propos, Thérèse, je pars pour la Sicile.

Ayant parlé, j'attendis, fort inquiet. Thérèse ne répondait pas. Sa tête et son vaste bonnet restaient enfouis dans la cheminée, et rien dans sa personne, que j'observais, ne trahissait la moindre émotion. Elle fourrait du petit bois sous les bûches, voilà tout.

Enfin, je revis son visage; il était calme, si calme que je m'en irritai.

— Vraiment, pensai-je, cette vieille fille n'a guère de cœur. Elle me laisse partir sans seulement dire « Ah! » Est-ce donc si peu pour elle que l'absence de son vieux maître?

— Allez, monsieur, me dit-elle enfin, mais revenez à six heures. Nous avons aujourd'hui, à dîner, un plat qui n'attend pas.

Naples, 10 novembre 1859.

— *Co tra calle vive, magne e lave a faccia.*

— J'entends, mon ami; je puis, pour trois centimes, boire, manger et me laver le visage, le tout au moyen d'une tranche de ces pastèques que tu étales sur une petite table. Mais des préjugés occidentaux m'empêcheraient de goûter avec assez de candeur cette simple volupté. Et comment sucerais-je des pastèques? J'ai assez à faire de me tenir debout dans cette foule. Quelle nuit lumineuse et bruyante à *Santa Lucia!* Les fruits s'élèvent en montagnes dans les boutiques éclairées de falots multicolores. Sur les fourneaux, allumés en plein vent, l'eau fume dans les chaudrons et la friture chante dans les poêles. L'odeur des poissons frits et des viandes chaudes me chatouille le nez et me fait éternuer. Je m'aperçois, en cette circonstance, que mon mouchoir a quitté la poche de ma redingote. Je suis poussé, soulevé et viré dans tous les sens par le peuple le plus gai, le plus bavard, le plus vif et le plus adroit qu'on puisse imaginer, et voici précisément une jeune commère qui, tandis que j'admire ses magnifiques cheveux noirs, m'envoie, d'un coup de son épaule élastique et puissante, à trois pas en arrière, sans m'endommager, dans les bras d'un mangeur de macaroni qui me reçoit en souriant.

Je suis à Naples. Comment j'y parvins

avec quelques restes informes et mutilés de mes bagages, je ne puis le dire, pour la raison que je ne le sais pas moi-même. J'ai voyagé dans un effarement perpétuel et je crois bien que j'avais tantôt en cette ville claire la mine d'un hibou au soleil. Cette nuit, c'est bien pis! Voulant observer les mœurs populaires, j'allai dans la *Strada di Porto*, où je suis présentement. Autour de moi, des groupes animés se pressent devant les boutiques de victuailles, et je flotte comme une épave au gré de ces flots vivants qui, quand ils submergent, caressent encore. Car ce peuple napolitain a, dans sa vivacité, je ne sais quoi de doux et de flatteur. Je ne suis point bousculé, je suis bercé et je pense que, à force de me balancer de çà, de là, ces gens vont m'endormir debout. J'admire, en foulant les dalles de lave de la *Strada*, ces portefaix et ces pêcheurs qui vont, parlent, chantent, fument, gesticulent, se querellent et s'embrassent avec une étonnante rapidité. Ils vivent à la fois par tous les sens et, sages sans le savoir, mesurent leurs désirs à la brièveté de la vie. Je m'approchai d'un cabaret fort achalandé et je lus sur la porte ce quatrain en patois de Naples :

Amice, alliegre magnammo e bevimmo
Nfin che n'ce stace noglio a la lucerna :
Chi sa s'a l'autro munno ne'e vedimmo?
Chi sa s'a l'autro munno n'ce taverna?

Amis, mangeons et buvons joyeusement
Tant qu'il y a de l'huile dans la lampe :
Qui sait si dans l'autre monde, nous nous reverrons?
Qui sait si dans l'autre monde il y a une taverne?

J'ENTENDS, MON AMI

Horace donnait de semblables conseils à ses amis. Vous les reçûtes, Postumus; vous les entendîtes, Leuconoé, belle révoltée qui voulez savoir les secrets de l'avenir. Cet avenir est maintenant le passé et nous le connaissons. En vérité, vous aviez bien tort de vous tourmenter pour si peu, et votre ami se montrait homme de sens en vous conseillant d'être sage et de filtrer vos vins grecs. *Sapias, vina liques.* C'est ainsi qu'une belle terre et qu'un ciel pur conseillent les calmes voluptés. Mais il y a des âmes tourmentées d'un sublime mécontentement ; ce sont les plus nobles. Vous fûtes de celles-là, Leuconoé; et, venu sur le déclin de ma vie dans la ville où brilla votre beauté, je salue avec respect votre ombre mélancolique. Les âmes semblables à la vôtre qui parurent dans la chrétienté furent des âmes de saintes, et leurs miracles emplissent la *Légende dorée*. Votre ami Horace a laissé une postérité moins généreuse, et je vois un de ses petits-fils en la personne du cabaretier poète qui, présentement, verse du vin dans des tasses, sous son enseigne épicurienne.

Et pourtant la vie donne raison à l'ami Flaccus, et sa philosophie est la seule qui s'accommode au train des choses. Voyez-moi ce gaillard qui, appuyé à un treillis couvert de pampres, mange une glace en regardant les étoiles. Il ne se baisserait pas pour ramasser ce vieux manuscrit que je vais chercher à travers tant de fatigues. Et en vérité l'homme est fait plutôt pour manger des glaces que pour compulser de vieux textes.

Je continuais à errer autour des buveurs et des chanteurs. Il y avait des amoureux qui mordaient à de beaux fruits en se tenant par la taille. Il faut bien que

JE PRIS AU HASARD UN AFFREUX COUPE-GORGE.

l'homme soit naturellement mauvais, car toute cette joie étrangère m'attristait profondément. Cette foule étalait un goût si naïf de la vie que toutes mes pudeurs de vieux scribe s'en effarouchaient. Puis, j'étais désespéré de ne rien comprendre aux paroles qui résonnaient dans l'air. C'était pour un philologue une humiliante épreuve. J'étais donc fort maussade, quand quelques mots prononcés derrière moi me firent dresser l'oreille.

— Ce vieillard est certainement un Français, Dimitri. Son air embarrassé me fait peine. Voulez-vous lui parler?... Il a un bon dos rond, ne trouvez-vous pas, Dimitri?

Cela était dit en français par une voix de femme. Il me fut assez désagréable tout d'abord de m'entendre traiter de vieillard. Est-on un vieillard à soixante-deux ans? L'autre jour, sur le pont des Arts, mon collègue Perrot d'Avignac me fit compliment de ma jeunesse, et il s'entend mieux en âges, apparemment, que cette jeune alouette qui chante sur mon dos, si toutefois les alouettes chantent la nuit. Mon dos est rond, dit-elle. Ah! ah! j'en avais quelque soupçon; mais je n'en crois plus rien depuis que c'est l'avis d'une oiselle. Je ne tournerai certes pas la tête pour voir qui a parlé, mais je suis sûr que c'est une jolie femme. Pourquoi?

Parce que la voix des femmes qui sont belles ou le furent, qui plaisent ou qui plurent, peut seule avoir cette abondance d'inflexions heureuses et le son argentin qui est un rire encore. De la bouche d'une laide coulera, peut-être, une parole plus suave et plus mélodieuse, mais non point certes aussi vive, ni d'un tel gazouillis.

Ces idées se formèrent dans mon esprit en moins d'une seconde et, tout aussitôt, pour fuir ces deux inconnus, je me jetai dans le plus épais de la foule napolitaine et enfilai un *vicoletto* tortueux qu'éclairait seulement une lampe allumée devant la niche d'une Madone. Là, songeant plus à loisir, je reconnus que cette jolie femme (assurément elle était jolie) avait exprimé à mon égard une pensée bienveillante, qui méritait ma reconnaissance.

« Ce vieillard est certainement un Français, Dimitri. Son air embarrassé me fait peine. Voulez-vous lui parler?... Il a un bon dos rond, ne trouvez-vous pas, Dimitri? »

BONJOUR, SIGNOR.

En entendant ces paroles gracieuses, je ne devais pas prendre une fuite soudaine. Il me convenait bien plutôt d'aborder de façon courtoise la dame au parler clair, de m'incliner devant elle et de lui tenir ce langage : « Madame, j'ai entendu malgré moi ce que vous venez de dire. Vous vouliez rendre un bon office à un pauvre vieillard. Cela est fait, madame : seul le son d'une voix française me fait un plaisir dont je vous remercie. » Assurément je lui devais adresser ces paroles ou d'autres semblables. Sans doute elle est Française, car sa voix est française. La voix des dames de France est la plus agréable du monde. Comme nous, les étrangers en éprouvent le charme. Philippe de Bergame a dit en 1483 de Jeanne la Pucelle : « Son langage était doux comme celui des femmes de son pays. » Le compagnon à qui elle parlait s'appelait Dimitri. Sans doute il est Russe. Ce sont des gens riches, qui promènent leur ennui par le monde. Il faut plaindre les riches : leurs biens les environnent et ne les pénètrent pas; ils sont pauvres et dénués au-dedans d'eux-mêmes. La misère des riches est lamentable.

Au bout de ces réflexions, je me trouvai dans une venelle, ou pour parler napolitain, dans un *sotto-portico* qui cheminait sous des arches si nombreuses et sous des balcons d'une telle saillie qu'aucune lueur du ciel n'y descendait. J'étais perdu et condamné selon toute apparence à chercher mon chemin toute la nuit. Quant à le demander, il m'eût fallu pour cela rencontrer un visage humain et je désespérais d'en voir un seul. Dans mon désespoir je pris une rue au hasard, une rue ou pour mieux dire un affreux coupe-gorge. C'en avait tout l'air, et c'en était un, car j'y étais engagé depuis quelques minutes quand je vis deux hommes qui jouaient du couteau. Ils s'attaquaient de la langue plus encore que de la lame, et je compris aux injures qu'ils échangeaient que c'étaient deux amoureux. J'enfilai prudemment une ruelle voisine pendant que ces braves gens continuaient à s'occuper de leur affaire, sans se soucier le moins du monde des miennes. Je cheminai quelque temps à l'aventure et m'assis découragé sur un banc de pierre, où je me lamentai d'avoir fui si éperdument et par tant de détours Dimitri et sa compagne à la voix claire.

— Bonjour, signor. Revenez vous de San-Carlo? Avez-vous entendu la diva? Il n'y a qu'à Naples qu'on chante comme elle.

Je levai la tête et reconnus mon hôte. J'étais assis contre la façade de mon hôtel, sous ma propre fenêtre.

Monte-Allegro, 30 novembre 1859

Nous nous reposions, moi, mes guides et leurs mules, sur la route de Sciacca à Girgenti, dans une auberge du pauvre village de Monte-Allegro, dont les habitants, consumés par la *mal'aria*, grelottent au soleil. Mais ce sont des Grecs encore, et leur gaieté résiste à tout. Quelques-uns d'entre eux entouraient l'auberge avec une curiosité souriante. Un conte, si j'avais su leur en conter un, leur eût fait oublier les maux de la vie. Ils avaient l'air intelligent, et les femmes, bien que hâlées et flétries, portaient avec grâce un long manteau noir.

Je voyais devant moi des ruines rongées par le vent de la mer et sur lesquelles l'herbe même ne croît pas. La morne tristesse du désert règne sur cette terre aride dont le sein gercé nourrit à peine quelques mimosas dépouillés, des cactus et des palmiers nains. A vingt pas de moi, le long d'une ravine, des cailloux blanchissaient comme une traînée d'ossements. Mon guide m'apprit que c'était un ruisseau.

J'étais depuis quinze jours en Sicile. Entré dans cette baie de Palerme, qui s'ouvre entre les deux masses arides et puissantes du Pellegrino et du Catalfano et qui se creuse le long de la Conque d'or, pleine de myrtes et d'orangers, je ressentis une telle admiration que je résolus de visiter cette île, si noble par ses souvenirs et si belle par les lignes de ses collines. Vieux pèlerin, blanchi dans l'Occident barbare, j'osai m'aventurer sur cette terre classique et, m'arrangeant avec un guide, j'allai de Palerme à Trapani, de Trapani à Sélinonte, de Sélinonte à Sciacca que j'ai quitté ce matin pour me rendre à Girgenti où je dois trouver le manuscrit de Jean Toutmouillé. Les belles choses que j'ai vues sont si présentes à mon esprit que je considère comme une vaine fatigue le soin de les décrire. Pourquoi gâter mon voyage en amassant des notes? Les amants qui aiment bien n'écrivent pas leur bonheur.

Tout à la mélancolie du présent et à la poésie du passé, l'âme ornée de belles images et les yeux pleins de lignes harmonieuses et pures, je goûtais dans l'auberge de Monte-Allegro l'épaisse rosée d'un vin de feu, quand je vis entrer dans la salle une belle jeune femme coiffée d'un chapeau de paille et vêtue d'une robe de foulard écru. Sa chevelure était sombre, son regard noir et brillant. A sa façon de marcher, je la reconnus pour une Parisienne. Elle s'assit. L'hôte posa près d'elle un verre d'eau fraîche avec un bouquet de roses. M'étant levé dès sa venue, je m'écartai un peu de la table, par discrétion, et fis mine d'examiner les images pieuses accrochées aux murs. Je m'aperçus fort bien qu'alors, me voyant de dos, elle fit un petit mouvement de surprise. Je m'approchai de la fenêtre et regardai passer les carrioles peintes sur le chemin pierreux bordé de cactus et de figuiers de Barbarie.

Tandis qu'elle buvait de l'eau glacée, je regardais le ciel. On goûte, en Sicile, une volupté inexprimable à boire de l'eau fraîche et à respirer le jour. Je murmurai au dedans de moi-même le vers du poète athénien :

O sainte lumière, œil du jour d'or.

Cependant, la dame française m'observait avec une curiosité singulière et, bien que je me défendisse de la regarder plus qu'il n'était convenable, je sentais ses yeux sur moi. J'ai le don, paraît-il, de deviner les regards qui m'atteignent sans rencontrer les miens. Beaucoup de gens croient posséder aussi cette faculté mystérieuse; mais en réalité, il n'y a point de mystère et nous sommes avertis par quelque indice si léger qu'il nous échappe. Il n'est pas impossible que j'aie vu les beaux yeux de cette dame reflétés dans les vitres de la fenêtre.

Quand je me retournai vers elle nos regards se rencontrèrent.

Une poule noire vint picorer dans la chambre mal balayée.

— Tu veux du pain, sorcière, dit la jeune femme en lui jetant des miettes qui restaient sur la table.

Je reconnus la voix que j'avais entendue la nuit à Santa Lucia.

— Excusez, madame, dis-je aussitôt. Bien qu'inconnu de vous, je dois acquitter un devoir en vous remerciant de la sollicitude que vous a inspirée un vieux compatriote errant, sur le tard, dans les rues de Naples.

— Vous me reconnaissez, monsieur, répondit-elle, je vous reconnais aussi.

— A mon dos, madame?

— Ah! vous avez entendu quand j'ai dit à mon mari que vous aviez le dos bon. Cela ne peut pas vous déplaire. Je serais désolée de vous avoir fâché.

— Vous m'avez flatté, au contraire, madame. Et votre observation me semble, tout au moins dans son principe, juste et profonde. La physionomie n'est pas que dans les traits du visage. Il y a des mains spirituelles et des mains sans imagination. Il y a des genoux hypocrites, des coudes égoïstes, des épaules arrogantes et de bons dos.

— C'est vrai, me dit-elle. Mais je vous reconnais aussi de visage. Nous nous étions déjà rencontrés auparavant, en Italie ou ailleurs, je ne sais plus. Le prince et moi nous voyageons beaucoup.

— Je ne crois pas avoir jamais eu l'heureuse fortune de vous rencontrer, madame, lui répondis-je. Je suis un vieux solitaire. J'ai passé ma vie sur des livres et je ne voyage guère. Vous l'avez vu à mon dos, qui vous a fait pitié. Je peux dire avoir mené une vie recluse et sédentaire. On apprend sans doute quelque chose dans les livres, mais on apprend beaucoup plus en voyant du pays.

— Vous êtes Parisien?

— Oui, madame. J'habite depuis quarante ans la même maison et je n'en sors guère. Il est vrai que cette maison est située sur le bord de la Seine, dans le lieu le plus illustre et le plus beau du monde. Je vois de ma fenêtre les Tuileries et le Louvre, le Pont-Neuf, les tours de Notre-Dame, les tourelles du Palais de Justice et la flèche de la Sainte-Chapelle. Toutes ces pierres parlent; elles me content la prodigieuse histoire des Français.

A ce discours, la jeune femme semblait émerveillée.

— Votre appartement est sur le quai? me dit-elle vivement.

— Sur le quai Malaquais, lui répondis-je, au troisième étage, dans la maison du marchand de gravures. Je me nomme Sylvestre Bonnard. Mon nom est peu connu, mais c'est celui d'un membre de l'Institut, et c'est assez pour moi que mes amis ne l'oublient pas.

Elle me regarda avec une expression extraordinaire d'intérêt, de surprise, de mélancolie et d'attendrissement, et je ne pouvais concevoir qu'un si simple récit pût donner à cette jeune inconnue des émotions si diverses et si vives.

J'attendais qu'elle expliquât sa surprise, mais un colosse silencieux, doux et triste, entra dans la salle.

— Mon mari, me dit-elle, le prince Trépof.

Et me désignant à lui :

— Monsieur Sylvestre Bonnard, membre de l'Institut de France.

Le prince salua des épaules. Il les avait hautes, larges et mortes.

— Ma chère amie, dit-il, je suis désolé de vous arracher à la conversation de monsieur Sylvestre Bonnard. Mais la voiture est attelée et il faut que nous arrivions à Mello avant la nuit.

Elle se leva, prit les roses que son hôte lui avait offertes et sortit de l'auberge. Je la suivis, tandis que le prince surveillait l'attelage des mules et éprouvait la solidité des sangles et des courroies. Demeurée sous la treille, elle me dit en souriant :

— Nous allons à Mello, c'est un horrible village à six heures de Girgenti, et vous ne devineriez jamais pourquoi nous y allons. N'essayez pas. Nous allons chercher une boîte d'allumettes. Dimitri collectionne les boîtes d'allumettes. Il a essayé de toutes les collections, les colliers de chiens, les boutons d'uniforme, les timbres-poste. Mais il n'y a plus que les boîtes d'allumettes qui l'intéressent... les petites boîtes en carton avec des chromos. Nous avons déjà réuni cinq mille deux cent quatorze types différents. Il y en a qui nous ont donné une peine affreuse à trouver. Ainsi, nous savions qu'on avait fait à Naples des boîtes avec les portraits de Mazzini et de Garibaldi et que la police avait saisi les boîtes et emprisonné le fabricant. A force de chercher et de demander, nous avons trouvé une de ces boîtes chez un contadin qui nous l'a vendue cent lires et nous a dénoncés à la police. Les sbires visitèrent nos bagages. Ils ne trouvèrent pas la boîte, mais ils emportèrent mes bijoux. Alors j'ai pris goût à cette collection. Nous irons, l'été, en Suède pour compléter nos séries.

J'éprouvai (dois-je le dire?) quelque pitié sympathique pour ces opiniâtres collectionneurs. Sans doute j'eusse préféré voir monsieur et madame Trépof recueillir en Sicile des marbres antiques des vases peints ou des médailles J'eusse aimé les voir occupés des ruines d'Agrigente et des traditions poétiques de l'Éryx. Mais enfin ils faisaient une collection, ils étaient de la confrérie, et pouvais-je les railler sans me railler un peu moi-même?

— Vous savez maintenant, ajouta-t-elle, pourquoi nous voyageons dans cet affreux pays.

A ce coup, ma sympathie cessa et je ressentis quelque indignation

— Ce pays n'est pas affreux, madame, répondis-je. Cette terre est une terre de gloire. La beauté est une si grande et si auguste chose, que des siècles de barbarie ne peuvent l'effacer à ce point qu'il n'en reste des vestiges adorables. La majesté de l'an-

CE PAYS N'EST PAS AFFREUX, MADAME.

tique Cérès plane encore sur ces collines arides et la Muse grecque, qui fit résonner de ses accents divins Aréthuse et le Ménale, chante encore à mes oreilles sur la montagne dénudée et dans la source tarie. Oui, madame, aux derniers jours de la terre, quand notre globe inhabité, comme aujourd'hui la lune, roulera dans l'espace son cadavre blême, le sol qui porte les ruines de Sélinonte gardera dans la mort universelle les signes de la beauté, et alors, alors du moins, il n'y aura plus de bouche frivole pour blasphémer ses grandeurs solitaires.

A peine eus-je prononcé ces paroles que j'en sentis la sottise. « Bonnard, me dis-je, un vieil homme, qui, comme toi, consuma sa vie sur les livres, ne sait pas converser avec les femmes. » Heureusement pour moi, madame Trépof n'avait pas plus compris mon discours que si c'eût été du grec.

Elle me dit avec douceur :

— Dimitri s'ennuie et moi je m'ennuie. Nous avons les boîtes d'allumettes. Mais on se lasse même des boîtes d'allumettes. Autrefois j'avais des ennuis et je ne m'ennuyais pas, les ennuis, c'est une grande distraction.

Attendri par la misère morale de cette jolie personne :

— Madame, lui dis-je, je vous plains de n'avoir point d'enfant. Si vous en aviez un, le but de votre vie vous apparaîtrait et vos pensées seraient en même temps plus graves et plus consolantes.

— J'ai un fils, me répondit elle. Il est grand, mon Georges, c'est un homme : il a onze ans. Je l'aime autant que quand il était petit, mais ce n'est plus la même chose.

Elle me tendit une rose de sa gerbe, sourit et me dit en montant dans sa voiture :

— Vous ne pouvez pas savoir, monsieur Bonnard, la joie que j'ai eue de vous voir. Je compte bien vous retrouver à Girgenti.

Girgenti, même jour.

Je m'arrangeai de mon mieux dans ma lettica. La lettica est une voiture sans roues ou, si l'on veut, une litière, une chaise portée par deux mules, l'une à l'avant et l'autre à l'arrière. L'usage en est ancien. J'ai vu parfois de ces litières figurées dans des manuscrits du XIVe siècle. Je ne savais pas alors qu'une litière toute semblable me porterait un jour de Monte

MADAME, JE VOUS PLAINS DE N'AVOIR POINT D'ENFANT.

Allegro à Girgenti Il ne faut jurer de rien.

Trois heures durant, les mules firent sonner leurs clochettes et battirent de leurs sabots un sol calciné. Tandis qu'à mes côtés se déroulaient lentement, entre deux haies d'aloès, les formes arides d'une nature africaine, je songeais au manuscrit du clerc Jean Toutmouillé, et je le désirais avec une ardeur candide, dont j'étais moi-même attendri, tant j'y découvrais d'innocence enfantine et de puérilité touchante.

Une odeur de rose, qui se fit mieux sentir vers le soir, me rappela madame Trépof. Vénus commençait à briller dans le ciel. Je songeais. Madame Trépof est une jolie personne fort simple et tout près de la nature. Elle a des idées de chatte. Je n'ai pas découvert en elle la moindre de ces curiosités nobles qui agitent les âmes pensantes. Et pourtant elle a exprimé à sa manière une pensée profonde : « On ne s'ennuie pas quand on a des ennuis. » Elle sait donc qu'en ce monde l'inquiétude et la souffrance sont nos plus sûrs divertissements. Les grandes vérités ne se découvrent pas sans peine ni travail. Par quels travaux la princesse Trépof a-t-elle acquis celle-là?

Girgenti, 30 novembre 1859.

Je me réveillai le lendemain à Girgenti, chez Gellias. Gellias fut un riche citoyen de l'ancienne Agrigente. Il était aussi célèbre par sa générosité que par sa magnificence, et il dota la ville d'un grand nombre d'hôtelleries gratuites. Gellias est mort depuis treize cents ans, et il n'y a plus aujourd'hui d'hospitalité gratuite chez les peuples policés. Mais le nom de Gellias est devenu celui d'un hôtel où, la fatigue aidant, je pus dormir ma nuit.

La moderne Girgenti élève sur l'acropole de l'antique Agrigente ses maisons étroites et serrées, que domine une sombre cathédrale espagnole. Je voyais de mes fenêtres, à mi-côte, vers la mer, la blanche rangée des temples à demi détruits. Ces ruines seules ont quelque fraîcheur. Tout le reste est aride. L'eau et la vie ont abandonné Agrigente. L'eau, la divine Nestis de l'agrigentin Empédocle, est si nécessaire aux êtres animés que rien ne vit loin des fleuves et des fontaines Mais le port de Girgenti, situé à trois kilomètres de la ville, fait un grand commerce. C'est donc, me disais-je, dans cette ville morne, sur ce rocher abrupt, qu'est le manuscrit du clerc Jean Toutmouillé! Je me fis indiquer la maison de Michel-Angelo Polizzi et m'y rendis.

Je trouvai M Polizzi vêtu de jaune des pieds à la tête et faisant cuire des saucisses dans une poêle à frire. A ma vue, il lâcha la queue de la poêle, éleva les bras en l'air et poussa des cris d'enthousiasme. C'était un petit homme dont la face bourgeonnée, le nez busqué, le menton saillant et les yeux ronds formaient une physionomie remarquablement expressive.

Il me traita d'Excellence, dit qu'il marquerait ce jour d'un caillou blanc et me fit asseoir. La salle où nous étions procédait à la fois de la cuisine, du salon, de la chambre à coucher, de l'atelier et du cellier. On y voyait des fourneaux, un lit, des toiles, un chevalet, des bouteilles et des piments rouges Je jetai un regard sur les tableaux qui couvraient les murs.

— Les arts! les arts! s'écria M. Polizzi, en levant de nouveau les bras vers le ciel; les arts! quelle dignité! quelle consolation! Je suis peintre, Excellence!

Et il me montra un saint François qui était inachevé et qui eût pu le rester sans dommage pour l'art et pour le culte. Il me fit voir ensuite quelques vieux tableaux d'un meilleur style, mais qui me semblèrent restaurés avec indiscrétion.

— Je répare, me dit-il, les tableaux anciens. Oh! les vieux maîtres! quelle âme! quel génie!

— Il est donc vrai? lui dis-je, vous êtes à la fois peintre, antiquaire et négociant en vins.

— Pour servir Votre Excellence, me répondit-il. J'ai en ce moment un zucco dont chaque goutte est une perle de feu. Je veux le faire goûter à Votre Seigneurie.

— J'estime les vins de Sicile, répondis-je, mais ce n'est pas pour des flacons que je viens vous voir, monsieur Polizzi.

Lui :

— C'est donc pour des peintures. Vous êtes amateur. Ma joie est immense de recevoir des amateurs de peinture Je vais vous montrer le chef-d'œuvre du Monrealese, oui, Excellence, son chef-d'œuvre! Une Adoration des bergers! C'est la perle de l'école sicilienne!

Moi :

— Je verrai cet ouvrage avec plaisir; mais parlons d'abord de ce qui m'amène.

Ses petits yeux agiles s'arrêtèrent sur moi avec curiosité, et ce n'est pas sans une cruelle angoisse que je m'aperçus qu'il ne soupçonnait pas même l'objet de ma visite.

Très troublé et sentant la sueur glacer mon front, je bredouillais pitoyablement une phrase qui revenait à peu près à celle-ci :

— Je viens exprès de Paris pour prendre communication d'un manuscrit de la *Légende dorée* que vous m'aviez dit posséder.

A ces mots, il leva les bras, ouvrit démesurément la bouche et les yeux et donna les marques de la plus vive agitation.

— Oh! le manuscrit de la *Légende dorée!* une perle, Excellence, un rubis, un diamant! Deux miniatures si parfaites qu'elles font entrevoir le paradis. Quelle suavité! Ces couleurs ravies à la corolle des fleurs font un miel pour les yeux! Julio Clovio n'a pas fait mieux!

M. POLIZZI FAISAIT CUIRE DES SAUCISSES.

— Montrez-le-moi, dis-je, sans pouvoir dissimuler ni mon inquiétude ni mon espoir.

— Vous le montrer; s'écria Polizzi. Et le puis-je, Excellence? Je ne l'ai plus! Je ne l'ai plus!

Et il semblait vouloir s'arracher les cheveux. Il se les serait bien tous tirés du cuir sans que je l'en empêchasse. Mais il s'arrêta de lui-même avant de s'être fait grand mal.

— Comment? lui dis-je en colère, comment? Vous me faites venir de Paris à Girgenti pour me montrer un manuscrit, et, quand je viens vous me dites que vous ne l'avez plus. C'est indigne, monsieur. Je laisse votre conduite à juger à tous les honnêtes gens.

Qui m'eût vu alors se fût fait une idée assez juste d'un mouton enragé.

— C'est indigne! c'est indigne! répétai-je en étendant mes bras qui tremblaient.

Michel-Angelo Polizzi se laissa tomber sur une chaise dans l'attitude d'un héros mourant. Je vis ses yeux se gonfler de larmes et ses cheveux, jusque-là flambants au-dessus de sa tête, tomber en désordre sur son front.

— Je suis père, Excellence, je suis père! s'écria-t-il en joignant les mains.

Il ajouta avec des sanglots :

— Mon fils Rafaello, le fils de ma pauvre femme, dont je pleure depuis quinze ans la mort, Rafaello, Excellence, il a voulu s'établir à Paris, il a loué une boutique rue Laffitte pour y vendre des curiosités. Je lui ai donné tout ce que je possédais de précieux, je lui ai donné mes plus belles majoliques, mes plus belles faïences d'Urbino, mes tableaux de maître, et quels tableaux, signor! Ils m'éblouissent encore quand je les revois en imagination! Et tous signés! Enfin, je lui ai donné le manuscrit de la *Légende dorée*. Je lui aurais donné ma chair et mon sang. Un fils unique! le fils de ma pauvre sainte femme.

— Ainsi, dis-je, pendant que, sur votre foi, monsieur, j'allais chercher dans le fond de la Sicile le manuscrit du clerc Toutmouillé, ce manuscrit était exposé dans une vitrine de la rue Laffitte, à quinze cents mètres de chez moi!

— Il y était, c'est la sainte vérité, me répondit M. Polizzi, soudainement rasséréné, et il y est encore, du moins je le pense, Excellence.

Il prit sur une tablette une carte qu'il m'offrit en me disant :

— Voici l'adresse de mon fils. Faites-la connaître à vos amis et vous m'obligerez. Faïences, émaux, étoffes, tableaux, il possède un assortiment complet d'objets d'art, toute la *roba*, et antique, sur mon honneur. Allez le voir : il vous montrera le manuscrit de la *Légende dorée*. Deux miniatures d'une fraîcheur miraculeuse.

Je pris lâchement la carte qu'il me tendait.

Cet homme abusa de ma faiblesse en m'invitant de nouveau à répandre dans les sociétés le nom de Rafaello Polizzi.

J'avais déjà la main sur le bouton de la porte, quand mon Sicilien me saisit par le bras. Il avait l'air inspiré.

— Ah! Excellence, me dit-il, quelle cité que la nôtre! Elle a donné naissance à Empédocle. Empédocle! quel grand homme et quel grand citoyen! Quelle audace de pensée, quelle vertu! quelle âme! Il y a là-bas, sur le port, une statue d'Empédocle devant laquelle je me découvre chaque fois que je passe. Quand Rafaello, mon fils, fut sur le point de partir pour fonder un établissement d'antiquités dans la rue Laffitte, à Paris, je l'ai conduit sur le port de notre ville, et c'est au pied de la statue d'Empédocle que je lui ai donné ma bénédiction paternelle. « Souviens-toi d'Empédocle », lui ai-je dit. Ah! signor, c'est un nouvel Empédocle qu'il faudrait aujourd'hui à notre malheureuse patrie! Voulez-vous que je vous conduise à sa statue, Excellence? Je vous servirai de guide pour visiter les ruines. Je vous montrerai le temple de Castor et Pollux, le temple de Jupiter Olympien, le temple de Junon Lucinienne, le puits antique, le tombeau de Théron et la Porte d'or. Les guides des voyageurs sont tous des ânes. Moi je suis un bon guide, nous ferons des fouilles, si vous voulez? et nous découvrirons des trésors. J'ai la science, le don des fouilles. Je découvre des chefs-d'œuvre dans des excavations où les savants, ils n'avaient rien trouvé.

Je parvins à me dégager. Mais il courut après moi, m'arrêta au pied de l'escalier et me dit à l'oreille :

— Excellence, écoutez : je vous conduirai dans la ville; je vous ferai voir nos Girgentines! Des Siciliennes, signor, la beauté antique! Et je vous montrerai de petites contadines, vous voulez?

— Le diable vous emporte! m'écriai-je indigné.

Et je m'enfuis dans la rue, le laissant les bras ouverts.

Quand je fus hors de sa vue, je m'affaissai sur une pierre et me mis à songer, la tête dans mes mains.

— Était-ce donc, pensais-je, était-ce donc pour m'entendre faire de telles offres que j'étais venu en Sicile?

Assurément ce Polizzi était un coquin, son fils en était un autre. Mais qu'avaient-ils tramé? Je ne pouvais le démêler. En attendant, étais-je assez humilié et contristé.

Un pas léger dans un bruit d'étoffes me fit lever la tête et je vis venir à moi la princesse Trépof. Elle me retint sur mon banc, me prit la main et me dit avec douceur :

— Je vous cherchais, monsieur Sylvestre Bonnard. C'est une grande joie pour moi de vous avoir rencontré. Je voudrais vous laisser un souvenir agréable de notre rencontre. Vraiment, je le voudrais.

Et tandis qu'elle parlait, je crus voir sous son voile une larme et un sourire.

Le prince s'approcha à son tour et nous couvrit de son ombre colossale.

— Montrez, Dimitri, montrez à monsieur Bonnard votre butin précieux.

Et le géant docile me tendit une boîte d'allumettes, une vilaine petite boîte de carton, ornée d'une tête bleue et rouge que l'inscription disait être celle d'Empédocle.

— Je vois, madame, je vois. Mais l'abominable Polizzi, chez qui je vous conseille de ne pas envoyer M. Trépof, m'a brouillé pour la vie avec Empédocle et ce portrait n'est pas de sorte à me rendre cet ancien philosophe plus agréable.

— C'est laid, fit-elle, mais c'est rare. Ces boîtes sont introuvables. Il faut les acheter sur place. A sept heures du matin, Dimitri était à la fabrique. Vous voyez que nous n'avons pas perdu notre temps.

— Je le vois certes bien, madame, répondis-je d'un ton amer, mais j'ai perdu le mien et je n'ai pas trouvé ce que j'étais venu chercher si loin!

Elle parut s'intéresser à ma déconvenue.

— Vous avez un ennui? me demanda-t-elle vivement. Puis-je vous aider en quelque chose? Ne voulez-vous pas, monsieur, me conter votre peine?

Je la lui contai. Mon récit fut long; mais elle en fut touchée, car elle me fit ensuite une quantité de questions minutieuses que je pris comme autant de témoignages d'intérêt. Elle voulut savoir le titre exact du manuscrit, son format, son aspect, son âge; elle me demanda l'adresse de M. Rafaello Polizzi.

Et je la lui donnai, faisant de la sorte (ô destin!) ce que l'abominable Michel-Angelo Polizzi m'avait recommandé.

Il est parfois difficile de s'arrêter. Je recommençai mes plaintes et mes imprécations. Cette fois madame Trépof se mit à rire.

— Pourquoi riez-vous? lui dis-je.

— Parce que je suis une méchante femme, me répondit-elle.

Et elle prit son vol, me laissant seul et consterné sur ma pierre.

Paris, 8 décembre 1859.

Mes malles encore pleines encombraient la salle à manger. J'étais assis devant une table chargée de ces bonnes choses que le pays de France produit pour les gourmets. Je mangeais d'un pâté de Chartres, qui seul ferait aimer la patrie. Thérèse, debout devant moi, les mains jointes sur son tablier blanc, me regardait avec bienveillance, inquiétude et pitié. Hamilcar se frottait contre mes jambes en bavant de joie.

Ce vers d'un vieux poète me revint à la mémoire :

Heureux qui, comme Ulysse, a fait un beau voyage.

— Eh bien, pensai-je, je me suis promené en vain, je rentre les mains vides; mais j'ai fait, comme Ulysse, un beau voyage.

Et, ayant avalé ma dernière gorgée de café, je demandai à Thérèse ma canne et mon chapeau, qu'elle me donna avec défiance; elle redoutait un nouveau départ. Je la rassurai en l'invitant à tenir le dîner prêt pour six heures.

Ce m'était déjà un sensible plaisir que d'aller le nez au vent par ces rues de Paris dont j'aime avec piété tous les pavés et toutes les pierres. Mais j'avais un but, et j'allai droit rue Laffitte. Je ne tardai pas à y apercevoir la boutique de Rafaello Polizzi. Elle se faisait remarquer par un grand nombre de tableaux anciens qui, bien que signés de noms diversement illustres, présentaient toutefois entre eux un certain air de famille qui eût donné l'idée de la touchante fraternité des génies, si elle n'avait pas attesté plutôt les artifices du pinceau de M. Polizzi père. Enrichie de ces chefs-d'œuvre suspects, la boutique était égayée par de menus objets de curiosité, poignards, buires, hanaps, figulines, gaudrons de cuivre et plats hispano-arabes à reflets métalliques.

Posé sur un fauteuil portugais en cuir armorié, un exemplaire des heures de Simon Vostre était ouvert au feuillet qui porte une figure d'astrologie, et un vieux Vitruve étalait sur un bahut ses magistrales gravures de cariatides et de télamons. Ce désordre apparent qui cachait des dispositions savantes, ce faux hasard avec lequel les objets étaient jetés sous leur jour le plus favorable aurait accru ma défiance, mais celle que m'inspirait le nom seul de Polizzi ne pouvait croître, étant sans limites.

M. Rafaello, qui était là comme l'âme unique de toutes ces formes disparates et confuses, me parut un jeune homme flegmatique, une espèce d'Anglais. Il ne montrait à aucun degré les facultés transcendantes que son père déployait dans la mimique et la déclamation.

Je lui dis ce qui m'amenait; il ouvrit une armoire et en tira un manus-

M. RAFAELLO, JEUNE HOMME FLEGMATIQUE.

crit, qu'il posa sur une table, où je pus l'examiner à loisir.

Je n'éprouvai de ma vie une émotion semblable si j'excepte quelques mois de ma jeunesse dont le souvenir, dussé-je vivre cent ans, restera jusqu'à ma dernière heure aussi frais dans mon âme que le premir jour.

C'était bien le manuscrit décrit par le bibliothécaire de sir Thomas Raleigh; c'était bien le manuscrit du clerc Jean Toutmouillé que je voyais, que je touchais! L'œuvre de Voragine y était sensiblement écourtée, mais cela m'importait peu. Les inestimables additions du moine de Saint-Germain-des-Prés y figuraient. C'était le grand point! Je voulus lire la légende de saint Droctovée; je ne pus; je lisais toutes les lignes à la fois et ma tête faisait le bruit d'un moulin à eau, la nuit, dans la campagne. Je reconnus cependant que le manuscrit présentait les caractères de la plus indéniable authenticité. Les deux figures de la Purification de la Vierge et du Couronnement de Proserpine étaient lourdes de dessin et criardes de couleur. Fort endommagées en 1824, comme l'attestait le catalogue de sir Thomas, elles avaient repris depuis lors une fraîcheur nouvelle. Ce miracle ne me surprit guère. Et que m'importaient d'ailleurs les deux miniatures! Les légendes et le poème de Jean Toutmouillé, c'était là le trésor. J'en prenais du regard tout ce que mes yeux pouvaient en contenir.

J'affectai un air indifférent pour demander à M. Rafaello le prix de ce manuscrit et je faisais des vœux, en attendant sa réponse, pour que ce prix ne dépassât pas mon épargne, déjà fort diminuée par un voyage coûteux. M. Polizzi me répondit qu'il ne pouvait disposer de cet objet qui ne lui appartenait plus, et qui devait être mis aux enchères, à l'hôtel des Ventes, avec d'autres manuscrits et quelques incunables.

Ce fut un rude coup pour moi. Je m'efforçai de me remettre et je pus répondre à peu près ceci :

— Vous me surprenez, monsieur. Votre pere, que je vis récemment à Girgenti, m'affirma que vous étiez possesseur de ce manuscrit. Il ne vous appartiendra pas de me faire douter de la parole de monsieur votre père.

— Je l'étais en effet, me répondit Rafaello avec une simplicité parfaite, mais je ne le suis plus. J'ai vendu ce manuscrit précieux, à un amateur qu'il m'est défendu de nommer et qui, pour des raisons que je dois taire, se voit obligé de vendre sa collection. Honoré de la confiance de mon client, je fus chargé par lui de dresser le catalogue et de diriger la vente, qui aura lieu le 24 décembre prochain. Si vous voulez bien me donner votre adresse, j'aurai l'honneur de vous faire envoyer le catalogue qui est sous presse, et dans lequel vous trouverez la *Légende dorée* décrite sous le numéro 42.

Je donnai mon adresse et sortis.

La décente gravité du fils me déplaisait à l'égal de l'impudente mimique du père. Je détestai dans le fond de mon âme les ruses de ces vils trafiquants. Il était clair pour moi que les deux coquins s'entendaient et qu'ils avaient imaginé cette vente aux enchères, par le ministère d'un huissier priseur, pour faire monter à un prix immodéré, sans qu'on pût le leur reprocher, le manuscrit dont je souhaitais la possession. J'étais entre leurs mains. Les désirs, même les plus innocents, ont cela de mauvais qu'ils nous soumettent à autrui et nous rendent dépendants. Cette réflexion me fut cruelle mais elle ne m'ôta pas l'envie de posséder l'œuvre du clerc Toutmouillé. Tandis que je méditais ainsi pensant traverser la chaussée, je m'arrêtai pour laisser passer une voiture qui montait la rue que je descendais et je reconnus derrière la glace madame Trépof que deux chevaux noirs et un cocher fourré comme un boyard menaient grand train. Elle ne me vit pas.

— Puisse-t-elle, me dis-je, trouver ce qu'elle cherche ou plutôt ce qui lui convient. C'est le souhait que je forme, en retour du rire cruel avec lequel elle a accueilli ma déconvenue à Girgenti. Elle a une âme de mésange.

Et, triste, je gagnai les ponts.

Éternellement indifférente, la nature amena sans hâte ni retard la journée du 24 décembre. Je me rendis à l'hôtel Bullion, et je pris place dans la salle n° 4, au pied même du bureau où devaient siéger le commissaire-priseur Boulouze et l'expert Polizzi. Je vis la salle se garnir peu à peu de figures à moi connues. Je serrai la main à quelques vieux libraires des quais; mais la prudence, que tout grand intérêt inspire aux plus confiants, me fit taire la raison de ma présence insolite dans une

C'ÉTAIT BIEN LE MANUSCRIT DÉCRIT PAR LE BIBLIOTHÉCAIRE.

des salles de l'hôtel Bullion Par contre, je questionnai ces messieurs sur l'intérêt qu'ils pouvaient prendre à la vente Polizzi, et j'eus la satisfaction de les entendre parler de tout autre article que le mien.

La salle se remplit lentement d'intéressés et de curieux, et après une demi heure de retard le commissaire priseur armé de son marteau d'ivoire, le clerc chargé des bordereaux, l'expert avec son catalogue et le crieur muni d'une sébile fixée au bout d'une perche, prirent place sur l'estrade avec une solennité bourgeoise. Les garçons de salle se rangèrent au pied du bureau L'officier ministériel ayant annoncé que la vente était commencée, il se fit un demi-silence.

On vendit d'abord, à des prix médiocres, une suite assez banale de *Preces piæ* avec miniatures. Il est inutile de dire que ces miniatures étaient d'une entière fraîcheur.

L'humilité des enchères encouragea la troupe des petits brocanteurs, qui se mêlèrent à nous et devinrent familiers. Les chaudronniers vinrent à leur tour, en attendant que les portes d'une salle voisine fussent ouvertes et les gaietés auvergnates couvrirent la voix du crieur

Un magnifique codex de la *Guerre des Juifs* ranima l'attention Il fut longtemps disputé. « Cinq mille francs, cinq mille », annonçait le crieur au milieu du silence des chaudronniers saisis d'admiration. Sept ou huit antiphonaires nous firent retomber dans les bas prix. Une grosse revendeuse en taille et en cheveux, encouragée par la grandeur du livre et la modicité de l'enchère, se fit adjuger un de ces antiphonaires à trente francs.

Enfin, l'expert Polizzi mit sur table le n° 42 La *Légende dorée*, manuscrit français, inédit, deux superbes miniatures, trois mille francs marchand.

— Trois mille! trois mille! glapit le crieur.

— Trois mille, reprit sèchement le commissaire-priseur.

Mes tempes bourdonnaient, et j'aperçus à travers un nuage une multitude de figures sérieuses qui se tournaient toutes vers le manuscrit qu'un garçon promenait ouvert dans la salle.

— Trois mille cinquante! dis-je.

Je fus effrayé du son de ma voix et confus de voir tous les visages se tourner vers moi.

Trois mille cinquante à droite! dit le crieur relevant mon enchère.

— Trois mille cent! reprit M. Polizzi.

Alors commença un duel héroïque entre l'expert et moi.

— Trois mille cinq cents!

— Six cents.

— Sept cents.

— Quatre mille!

— Quatre mille cinq cents!

Puis, par un bond formidable, M. Polizzi sauta tout à coup à six mille.

Six mille francs, c'était tout ce que j'avais à ma disposition. C'était pour moi le possible. Je risquai l'impossible.

— Six mille cent! m'écriai-je.

Hélas! l'impossible même ne suffisait pas.

— Six mille cinq cents, répliqua M. Polizzi avec calme.

Je baissai la tête et restai la bouche pendante, n'osant dire ni oui ni non au crieur qui me criait :

— Six mille cinq cents, par moi; ce n'est pas par vous à droite, c'est par moi! pas d'erreur! Six mille cinq cents!

— C'est bien vu! reprit le commissaire-priseur. Six mille cinq cents. C'est bien vu, bien entendu... Le mot?... Il n'y a pas d'acquéreur au-dessus de six mille cinq cents francs.

Un silence solennel régnait dans la salle. Tout à coup, je sentis mon crâne se fendre. C'était le marteau de l'officier ministériel qui, frappant un coup sec sur l'estrade, adjugeait irrévocablement le numéro 42 à M. Polizzi. Aussitôt la plume du clerc, courant sur le papier timbré, enregistra ce grand fait en une ligne.

J'étais accablé, j'avais besoin d'air et de repos. Toutefois je ne quittai pas ma place. Peu à peu la réflexion me revint. L'espoir est tenace. J'eus un espoir. Je pensai que le nouvel acquéreur de la *Légende dorée* pouvait être un bibliophile intelligent et libéral qui me donnerait communication du manuscrit et me permettrait même d'en publier les parties essentielles. C'est pourquoi, quand la vente fut finie, je m'approchai de l'expert qui descendait de l'estrade.

— Monsieur l'expert, lui dis-je, avez-vous acheté le numéro 42 pour votre compte ou par commission?

— Par commission. J'avais ordre de ne le lâcher à aucun prix.

— Pouvez-vous me dire le nom de l'acquéreur?

— Je suis désolé de ne pouvoir vous satisfaire. Mais cela m'est tout à fait interdit.

Je le quittai désespéré.

C'EST BIEN VU! REPRIT LE COMMISSAIRE-PRISEUR

30 décembre 1850.

— Thérèse, vous n'entendez donc pas qu'on sonne depuis un quart d'heure à notre porte?

Thérèse ne me répond pas. Elle jase dans la loge du concierge. Cela est sûr.

Est-ce ainsi que vous souhaitez la fête de votre vieux maître? Vous m'abandonnez pendant la veillée de la Saint-Sylvestre! Hélas! s'il me vient en ce jour des souhaits affectueux, ils sortiront de terre, car tout ce qui m'aimait est depuis longtemps enseveli. Je ne sais trop ce que je fais en ce monde. On sonne encore. Je quitte mon feu lentement, le dos rond, et je vais ouvrir ma porte. Que vois-je sur le palier? Ce n'est pas l'Amour mouillé, et je ne suis pas le vieil Anacréon, mais un joli petit garçon de dix ou onze ans. Il est tout seul; il lève la tête pour me voir. Ses joues rougissent, mais son petit nez éventé vous a un air fripon. Il a des plumes à son chapeau et une grande fraise de dentelle sur sa blouse. Le joli petit bonhomme! Il tient à deux bras un paquet aussi gros que lui et me demande si je suis M. Sylvestre Bonnard. Je lui réponds qu'oui; il me remet le paquet, dit que c'est de la part de sa maman et s'enfuit dans l'escalier.

Je descends quelques marches, je me penche sur la rampe et je vois le petit chapeau tournoyer dans la spirale de l'escalier comme une plume au vent. Bonsoir, mon petit garçon! J'aurais été bien aise de lui parler. Mais que lui aurais-je demandé? Il n'est pas délicat de questionner les enfants. D'ailleurs, le paquet m'instruira mieux que le messager.

C'est un très gros paquet, mais pas très lourd. Je défais dans ma bibliothèque les faveurs et le papier qui l'entourent et je trouve... quoi? une bûche, une maîtresse bûche, une vraie bûche de Noël, mais si légère que je la crois creuse. Je découvre, en effet, qu'elle est composée de deux morceaux qui sont joints par des crochets et s'ouvrent sur charnières. Je tourne les crochets et me voilà inondé de violettes. Il en coule sur ma table, sur mes genoux, sur mon tapis. Il s'en glisse dans mon gilet, dans mes manches. J'en suis tout parfumé.

— Thérèse! Thérèse! apportez des vases pleins d'eau! Voici des violettes qui nous viennent de je ne sais quel pays, ni de quelle main, mais ce doit être d'un pays parfumé et d'une main gracieuse. Vieille corneille, m'entendez-vous?

J'ai mis les violettes sur ma table, qu'elles recouvrent tout entière de leur buisson parfumé. Il y a encore quelque chose dans la bûche, un livre, un manuscrit. C'est... je ne puis le croire et ne puis

JE VOIS SUR LE PALIER UN JOLI PETIT GARÇON.

en douter... C'est la *Légende dorée,* c'est le manuscrit du clerc Jean Toutmouillé. Voici la *Purification de la Vierge* et l'*Enlèvement de Proserpine*, voici la légende de saint Droctovée. Je contemple cette relique parfumée de violettes. Je tourne les feuillets entre lesquels de petites fleurs pâles se sont glissées, et je trouve, contre la légende de sainte Cécile, une carte portant ce nom : PRINCESSE TRÉPOF.

DEVINEZ QUI JE VIENS DE VOIR DANS UNE VOITURE ARMORIÉE.

Princesse Trépof, vous qui riiez et pleuriez tour à tour si joliment sous le beau ciel d'Agrigente, vous qu'un vieillard morose croyait être une petite folle, je suis certain aujourd'hui de votre belle et rare folie, et le bonhomme que vous comblez de joie ira vous baiser les mains en vous rendant ce précieux manuscrit dont la science et lui vous devront une exacte et somptueuse publication.

Thérèse entra en ce moment dans mon cabinet : elle était très agitée

— Monsieur, me cria-t-elle, devinez qui je viens de voir à l'instant dans une voiture armoriée qui stationnait devant la porte de la maison.

— Madame Trépof! parbleu ! m'écriai-je.

— Je ne connais pas de madame Trépof, me répondit ma gouvernante. La femme que je viens de voir est mise comme une duchesse, avec un petit garçon qui a des dentelles sur toutes les coutures. Et c'est cette petite madame Coccoz à qui vous avez envoyé une bûche quand elle accouchait, il y a de cela onze ans. Je l'ai bien reconnue.

— C'est, demandai-je vivement, c'est, dites-vous, madame Coccoz? la veuve du marchand d'almanachs?

— C'est elle, monsieur, la portière était ouverte pendant que son petit garçon, qui sortait de cette maison-ci, remontait en voiture. Elle n'a guère changé. Pourquoi ces femmes-là vieilliraient-elles? elles ne se donnent point de souci. La Coccoz est seulement un peu plus grasse que par le passé. Une femme qu'on a reçue ici par charité, venir étaler ses velours et ses diamants dans une voiture armoriée! N'est-ce pas une honte?

— Thérèse, m'écriai-je d'une voix terrible, si vous me parlez de cette dame autrement qu'avec une profonde vénération, nous sommes brouillés ensemble. Apportez ici mes vases de Sèvres pour y mettre ces violettes qui donnent à la cité des livres une grâce qu'elle n'avait jamais eue.

Pendant que Thérèse cherchait en soupirant les vases de Sèvres, je contemplais ces belles violettes éparses, dont l'odeur répandait autour de moi comme le parfum d'une âme charmante et je me demandais comment je n'avais pas reconnu madame Coccoz en la princesse Trépof. Mais ç'avait été pour moi une vision bien rapide que celle de la jeune veuve me montrant son petit enfant nu dans l'escalier J'avais plus de raison de m'accuser d'avoir passé auprès d'une âme gracieuse et belle, sans l'avoir devinée.

— Bonnard, me disais-je, tu sais déchiffrer les vieux textes, mais tu ne sais pas lire dans le livre de la vie Cette petite étourdie de madame Trépof, à qui tu n'accordais qu'une âme d'oiseau, a dépensé, par reconnaissance, plus de zèle et d'esprit que tu n'en as jamais mis à obliger personne. Elle t'a payé royalement la bûche des relevailles... Thérèse, vous étiez une pie, vous devenez une tortue! Venez donner de l'eau à ces violettes de Parme!

DEUXIÈME PARTIE

JEANNE ALEXANDRE

I

Lusance, 8 août.

Quand je descendis de voiture à la station de Melun, la nuit répandait sa paix sur la campagne silencieuse. La terre chauffée tout le jour par un soleil pesant, par un « gras soleil », comme disent les moissonneurs du val de Vire, exhalait une odeur forte et chaude. Au ras du sol, des parfums d'herbe traînaient lourdement. Je secouai la poussière du wagon et respirai d'une poitrine allègre. Mon sac de voyage, que ma gouvernante avait bourré de linge et de menus objets de toilette, *munditiis*, me pesait si peu dans la main, que je l'agitai comme un écolier agite, au sortir de la classe, le paquet sanglé de ses livres rudimentaires.

Plût au ciel que je fusse encore un petit grimaud d'école! Mais il y a cinquante ans bien sonnés que feu ma bonne mère, m'ayant préparé de ses mains une tartine de raisiné, la mit dans un panier dont elle me passa l'anse au bras, et me mena, ainsi muni, à la pension tenue par M. Douloir, entre cour et jardin, dans un angle du passage du Commerce, bien connu des moineaux. L'énorme M. Douloir nous sourit avec une grâce enjouée, et il me caressa la joue pour mieux exprimer, sans doute, la tendresse que je lui inspirais spontanément. Mais quand ma mère eut traversé la cour, au milieu des moineaux qui s'envolaient devant elle, M. Douloir ne souriait plus, il ne me témoignait plus aucune tendresse et paraissait, au contraire, me considérer comme un petit être fort incommode. Je reconnus depuis qu'il éprouvait des sentiments de cette nature à l'égard de tous ses élèves. Il nous distribuait les coups de férule avec une agilité qu'on n'eût point attendue de son épaisse corpulence. Mais sa première tendresse lui revenait chaque fois qu'il parlait à nos mères en notre présence et alors, tout en vantant nos heureuses dispositions, il nous couvrait d'un regard affectueux. Ce fut un bien bon temps que celui que je passai sur les bancs de M Douloir avec des petits camarades qui, comme moi, pleuraient et riaient de tout leur cœur, du matin au soir.

Après un demi-siècle, ces souvenirs remontent tout frais et clairs à la surface de mon âme, sous ce ciel étoilé, qui n'a pas changé depuis et dont les clartés immuables et sereines verront, sans faillir, bien d'autres écoliers comme j'étais, devenir des savants catarrheux et chenus comme je suis.

Étoiles, qui avez lui sur la tête légère ou pesante de tous mes ancêtres oubliés, c'est à votre clarté que je sens s'éveiller en moi un regret douloureux! Je voudrais avoir une postérité qui vous voie encore quand je ne vous verrai plus. Je serais père et

L'ÉNORME M. DOULOIR NOUS SOURIT AVEC UNE GRACE ENJOUÉE.

grand-père si vous l'aviez voulu, Clémentine, vous dont les joues étaient si fraîches sous votre capote rose! Mais vous épousâtes M Achille Allier, riche campagnard nivernais, un peu gentilhomme, car le vilain, son père, acquéreur de biens nationaux, avait acheté le chartrier de ses seigneurs avec leur château et leurs terres. Je ne vous ai pas revue depuis votre mariage, Clémentine, et j'imagine que votre vie coula belle, obscure et douce dans votre manoir rustique. J'appris un jour, par hasard, d'un de vos amis, que vous aviez quitté cette vie, laissant une fille qui vous ressemblait. A cette nouvelle, qui vingt ans auparavant eût révolté toutes les énergies de mon âme, il se fit en moi comme un grand silence, le sentiment qui me remplit tout entier fut, non pas une douleur aiguë, mais la tristesse profonde et tranquille d'une âme docile aux grands enseignements de la nature. J'ai compris que ce que j'avais aimé n'était qu'une ombre. Mais votre souvenir reste le charme de ma vie. Votre forme aimable, après s'être lentement flétrie, a disparu sous l'herbe grasse. La jeunesse de votre fille est déjà passée. Sa beauté sans doute est dépouillée. Et je vous vois toujours, Clémentine, avec vos boucles blondes et votre capote rose.

La belle nuit! Elle règne dans une noble langueur sur les hommes et les bêtes qu'elle a déliés du joug quotidien, et j'éprouve sa bénigne influence, bien que, par une habitude de soixante ans, je ne tente plus les choses que par les signes qui les représentent Il n'y a pour moi dans le monde que des mots, tant je suis philologue! Chacun fait à sa manière le rêve de sa vie. J'ai fait ce rêve dans ma bibliothèque, et, quand mon heure sera venue de quitter ce monde, Dieu veuille me prendre sur mon échelle, devant mes tablettes chargées de livres!

— Eh! c'est pardieu bien lui! Bonjour, monsieur Sylvestre Bonnard Où donc alliez-vous, battant la campagne de votre pied léger, tandis que je vous attendais devant la gare avec mon cabriolet? Vous m'aviez échappé à la sortie du train et je rentrais bredouille à Lusance. Donnez-moi votre sac et montez en voiture près de moi. Savez-vous bien qu'il y a, d'ici au château, sept bons kilomètres?

Qui me parle ainsi, à pleins poumons, du haut de son cabriolet? M. Paul de Gabry, neveu et héritier de M. Honoré de Gabry, pair de France en 1842, récemment décédé à Monaco. Aussi bien, c'était M. Paul de Gabry chez qui je me rendais avec ma valise bouclée par ma gouvernante. Cet excellent homme venait d'hériter, conjointement avec ses deux beaux-frères, des biens de son oncle qui, issu d'une très ancienne famille de robe, possédait dans son château de Lusance une bibliothèque riche en manuscrits dont quelques-uns remontent au XIIIe siècle. C'était pour inventorier et cataloguer ces manuscrits que je venais à Lusance, sur la prière de M. Paul de Gabry, dont le père, galant homme et bibliophile distingué, avait entretenu avec moi, de son vivant, des relations parfaitement courtoises. A vrai dire, le fils n'a point hérité des nobles inclinations du père. M. Paul s'est adonné aux sports: il est fort entendu en chevaux et en chiens, et je crois que, de toutes les sciences propres à assouvir ou à tromper l'inépuisable curiosité des hommes, celles de l'écurie et du chenil sont les seules qu'il possède pleinement.

Je ne puis dire que je fus surpris de le rencontrer, puisque j'avais rendez-vous avec lui, mais j'avoue qu'entraîné par le cours naturel de mes pensées, j'avais perdu de vue le château de Lusance et ses hôtes, à ce point que l'appel d'un gentilhomme

M DOULOIR NE SOURIAIT PLUS.

campagnard, au départ de la route qui déroulait devant moi, comme on dit « un bon ruban de queue », me frappa tout d'abord les oreilles ainsi qu'un bruit insolite

J'ai lieu de craindre que ma physionomie n'ait trahi ma distraction incongrue par une certaine expression de stupidité qu'elle revêt dans la plupart des transactions sociales. Ma valise prit place dans le cabriolet et je suivis ma valise. Mon hôte me plut par sa franchise et sa simplicité.

BONJOUR, MONSIEUR SYLVESTRE BONNARD.

— Je n'entends rien à vos vieux parchemins, me dit-il, mais vous aurez chez nous à qui parler. Sans compter le curé qui fait des livres et le médecin qui est fort aimable, bien que libéral, vous trouverez quelqu'un qui vous tiendra tête. C'est ma femme. Elle n'est pas une savante, mais il n'y a pas de chose, je crois, qu'elle ne devine. Je compte, Dieu merci! d'ailleurs, vous garder assez longtemps pour vous faire rencontrer avec mademoiselle Jeanne qui a des doigts de magicienne et une âme d'ange.

— Cette demoiselle, dis-je, si heureusement douée, est-elle de votre famille?

— Non pas, répondit M. Paul, le regard tendu vers les oreilles de son cheval, qui battait du sabot la route bleuie par la lune. C'est une jeune amie de ma femme. Elle est orpheline de père et de mère. Son père nous a fait courir une grosse aventure d'argent et nous en sommes quittes avec lui pour beaucoup plus que la peur.

Puis il secoua la tête et, changeant de propos, il m'avertit de l'état d'abandon dans lequel je trouverais le parc et le château, restés absolument déserts depuis trente-deux années.

J'appris de lui que M. Honoré de Gabry, son oncle, était, en son vivant, fort mal avec les braconniers du pays, que son garde-chasse tirait comme des lapins. Un d'eux, paysan vindicatif qui avait reçu en plein visage le plomb du seigneur, le guetta un soir, derrière la porte du mail et le manqua de peu, car il lui brûla d'une balle le bout de l'oreille.

— Mon oncle, ajouta M. Paul, chercha à découvrir d'où venait le coup, mais il ne vit rien et regagna le château sans hâter le pas. Le lendemain, ayant fait appeler son intendant, il lui donna l'ordre de clore le manoir et le parc et de n'y laisser entrer âme qui vive. Il défendit expressément qu'on touchât à rien, qu'on entretînt ni qu'on réparât rien sur sa terre et dans ses murs jusqu'à son retour. Il ajouta entre ses dents comme dans la chanson, qu'il reviendrait à Pâques ou à la Trinité, et, comme dans la chanson, la Trinité se passa sans qu'on le revît. Il est mort, l'an dernier, à Cannes, et nous sommes entrés les premiers, mon beau-frère et moi, dans le château abandonné depuis trente-deux ans. Nous avons trouvé un marronnier au milieu du salon. Quant au parc, il faudrait, pour le visiter, qu'il y eût encore des allées

Mon compagnon se tut et l'on n'entendait plus que le trot régulier du cheval au milieu du bruissement des insectes dans les herbes. Des deux côtés de la route les gerbes dressées dans les champs prenaient, sous la clarté incertaine de la lune, l'apparence de grandes femmes blanches agenouillées, et je m'abandonnais aux magnifiques enfantillages des séductions de la nuit. Ayant passé sous les épais ombrages du mail, nous tournâmes à angle droit et roulâmes sur une avenue seigneuriale au bout de laquelle le château m'apparut brusquement dans sa masse noire, avec ses tours en poivrière. Nous suivîmes une sorte de chaussée qui donnait accès à la cour d'honneur et qui, jetée sur un fossé rempli d'eau courante, remplaçait un pont-levis détruit dès longtemps. La perte de ce pont-levis fut, je pense, la première humiliation que ce manoir guerrier eut à subir avant d'être réduit à l'aspect pacifique sous lequel il me reçut. Les étoiles se reflétaient dans l'eau sombre avec une merveilleuse netteté. M. Paul me conduisit, en hôte courtois, jusqu'à ma chambre, située dans les combles, au bout d'un long corridor, et, s'excusant sur l'heure tardive de ne pas me présenter tout de suite à sa femme, me souhaita le bonsoir.

Ma chambre, peinte en blanc et tendue de perse, est empreinte des grâces galantes du XVIIIe siècle. Des cendres encore chaudes, qui me montrèrent par quels soins on avait dissipé l'humidité, emplissaient la cheminée dont la tablette supportait un buste en biscuit de la reine Marie-Antoinette. Sur le cadre blanc de la glace assombrie et tachée, deux crochets de cuivre, où s'étaient suspendues les châtelaines des dames d'autrefois, s'offraient à l'envi pour recevoir ma montre, que j'eus soin de remonter, car, contrairement aux maximes des Thélémites, j'estime que l'homme n'est maître du temps, qui est la vie même, que lorsqu'il l'a divisé en heures, en minutes et en secondes, c'est-à-dire en parcelles proportionnées à la brièveté de l'existence humaine.

Et je songeai que la vie ne nous semble courte que parce que nous la mesurons inconsidérément à nos folles espérances. Nous avons tous, comme le vieillard de la fable, une aile à ajouter à notre bâtiment. Je veux achever, avant de mourir, l'histoire des abbés de Saint-Germain-des-Prés. Le temps que Dieu accorde à chacun de nous est comme un tissu précieux que nous brodons de notre mieux. J'ai ouvré ma trame de toute sorte d'illustrations philologiques. Ainsi allaient mes pensées, et, en nouant mon foulard sur ma tête, l'idée du temps me ramena au passé, et, pour la seconde fois dans un tour de cadran, je songeai à vous, Clémentine, pour vous bénir dans votre postérité, avant de souffler ma bougie et de m'endormir au chant des grenouilles.

II

Lusance, 9 août.

Pendant le déjeuner, j'eus mainte occasion d'apprécier la conversation de madame de Gabry qui m'apprit que le château était hanté par des fantômes et notamment par la Dame « aux trois plis dans le dos », empoisonneuse de son vivant et âme en peine désormais. Je ne saurais dire combien elle sut donner d'esprit et de vie à cette vieille histoire de nourrice. Nous prîmes le café sur la terrasse dont les balustres, embrassés et arrachés à leur rampe de pierre par un lierre vigoureux, restaient pris entre les nœuds de la plante lascive, dans l'attitude éperdue des femmes thessaliennes aux bras des centaures ravisseurs.

Le château, en forme de chariot à quatre roues, flanqué d'une tourelle à chaque

UN MARRONNIER AVAIT GRANDI LÀ.

J'AI PASSÉ TOUTE LA JOURNÉE A CLASSER DES MANUSCRITS.

angle, avait, par suite de remaniements successifs, perdu tout caractère. C'était une ample et estimable bâtisse, rien de plus. Il ne me parut pas avoir éprouvé de notables dommages pendant un abandon de trente-deux années. Mais lorsque, conduit par madame de Gabry, j'entrai dans le grand salon du rez-de-chaussée, je vis les planchers bombés, les plinthes pourries, les boiseries fendillées, les peintures des trumeaux tournées au noir et pendant aux trois quarts hors de leurs châssis. Un marronnier, ayant soulevé les lames du parquet, avait grandi là et il tournait vers la fenêtre sans vitres les panaches de ses larges feuilles.

Je ne vis pas ce spectacle sans inquiétude, en songeant que la riche bibliothèque de M. Honoré de Gabry, installée dans une pièce voisine, était exposée depuis si longtemps à des influences délétères Toutefois, en contemplant le jeune marronnier du salon, je ne pus m'empêcher d'admirer la vigueur magnifique de la nature et l'irrésistible force qui pousse tout germe à se développer dans la vie. Par contre, je m'attristai à songer que l'effort que nous faisons, nous autres savants, pour retenir et conserver les choses mortes est un pénible et vain effort. Tout ce qui a vécu est l'aliment nécessaire des nouvelles existences L'Arabe qui se bâtit une cabane avec les marbres des temples de Palmyre est plus philosophe que tous les conservateurs des musées de Londres, de Paris et de Munich.

Lusance, 11 août.

Dieu soit loué! La bibliothèque, située au levant, n'a pas éprouvé d'irréparables dommages. Hors la lourde rangée des vieux *Coutumiers* in-folio, que les loirs ont percée de part en part, les livres sont intacts dans leurs armoires grillées. J'ai passé toute la journée à classer des manuscrits. Le soleil entrait par les hautes fenêtres sans rideaux et j'entendais, à travers mes lectures, parfois très intéressantes, les bourdons alourdis heurter pesamment les vitres, les boiseries craquer et les mouches, ivres de lumière et de chaleur, ronfler des ailes en cercle sur ma tête. Vers trois heures, leur bourdonnement fut tel que je levai la tête de dessus un document fort précieux pour l'histoire de Melun au XIIIe siècle, et je me mis à considérer les mouvements concentriques de ces bestioles ou « bestions », comme dit La Fontaine. Je dus constater que la chaleur agit sur les ailes d'une mouche tout autrement que sur le cerveau d'un archiviste paléographe, car j'éprouvais une grande difficulté à penser et une torpeur assez agréable dont je ne sortis que par un effort violent. La cloche qui sonna le dîner me surprit au milieu de mes travaux et il me fallut faire ma toilette en grande hâte pour paraître décemment devant madame de Gabry.

Le repas, amplement servi, se prolongea de lui-même. J'ai un talent de dégustation qui va peut-être au dessus du médiocre. Mon hôte, qui s'aperçut de mes connaissances, m'estima assez pour déboucher en mon honneur certaine bouteille de château-Margaux. Je bus avec respect ce vin de grande race et de noble vertu, dont on ne peut louer assez le bouquet et le feu. Cette ardente rosée se répandit dans mes veines et m'anima d'un zèle juvénile. Assis sur la terrasse, auprès de madame de Gabry, dans le crépuscule qui baignait de mystère les formes agrandies des arbres, j'eus le plaisir d'exprimer à ma spirituelle hôtesse mes impressions avec une vivacité et une abondance tout à fait remarquables chez un homme dénué, comme je le suis, de toute imagination. Je lui dépeignis spontanément, et sans m'aider d'aucun texte ancien, la tristesse douce du soir et la beauté de cette terre natale qui nous nourrit, non seulement de pain et de vin, mais encore d'idées, de sentiments et de croyances, et qui nous recevra tous dans son sein maternel, comme des petits enfants fatigués d'un long jour.

— Monsieur, me dit cette aimable dame, vous voyez ces vieilles tours, ces arbres, ce ciel : comme les personnages des contes et des chansons populaires sont naturellement sortis de tout cela! Voici là-bas le sentier par lequel le petit Chaperon rouge alla au bois cueillir des noisettes. Ce ciel changeant et toujours à demi voilé fut sillonné par les chars des fées, et la tour du Nord a pu cacher jadis sous son toit pointu la vieille filandière dont le fuseau piqua la belle au bois dormant.

Je songeais encore à ces gracieuses paroles, pendant que M. Paul me racontait, à travers les bouffées d'un cigare capiteux, je ne sais quel procès intenté par lui à la commune au sujet d'une prise d'eau. Madame de Gabry, sentant la fraîcheur du soir, frissonna sous son châle et nous quitta pour gagner sa chambre. Je résolus alors, au lieu de monter dans la mienne, de retourner dans la bibliothèque pour continuer l'examen des manuscrits. Malgré l'opposition de M. Paul, qui voulait que je m'allasse coucher, j'entrai dans ce que j'appellerai, en vieux langage, « la librairie », et je me mis au travail, à la lumière de la lampe.

Après avoir lu quinze pages, évidemment écrites par un scribe ignorant et distrait, car j'eus quelque peine à en saisir le sens, je plongeai la main dans la poche béante de ma redingote pour en tirer ma tabatière, mais ce mouvement si naturel et quasi instinctif me coûta cette fois un peu d'effort et de fatigue; toutefois j'ouvris la boîte d'argent et j'en tirai quelques grains de la poudre odorante, qui s'éparpillèrent le long du plastron de ma chemise, sous mon nez frustré. Je suis certain que mon nez exprima son désappointement, car il est fort expressif. Il a trahi plusieurs fois mes plus intimes pensées et notamment dans la bibliothèque publique de Coutances, où je découvris, à la barbe de mon collègue Brioux, le cartulaire de Notre-Dame des Anges.

Quelle ne fut pas ma joie! Mes yeux, petits et ternes sous leurs lunettes, n'en laissèrent rien voir. Mais à la seule vue de mon nez en pied de marmite, qui frémissait de joie et d'orgueil, Brioux devina que j'avais fait une trouvaille. Il remarqua le volume que je tenais, nota l'endroit où je le mis en quittant la place, l'alla prendre sur mes talons, le copia en cachette et le publia à la hâte, pour me jouer un tour. Mais, croyant m'engeigner, il s'engeigna lui-même. Son édition fourmille de fautes et j'eus la satisfaction d'y relever quelques grosses bévues.

Pour revenir au point où j'étais, je soupçonnai qu'une lourde somnolence pesait sur mon esprit. J'avais sous les yeux une charte dont chacun peut apprécier l'intérêt, quand j'aurai dit que mention y est faite d'un clapier vendu à Jehan d'Estourville, prêtre, en 1212. Mais, bien que j'en sentisse alors toute l'importance, je n'y donnai pas l'attention qu'un tel document exigeait impérieusement. Mes yeux, quoi que je fisse, se tournaient vers un côté de la table qui ne présentait aucun objet important au point de vue de l'érudition. Il n'y avait à cet endroit qu'un assez gros volume allemand, relié en peau de truie, avec des clous de cuivre aux plats et d'épaisses nervures sur le dos. C'était un bel exemplaire de cette compilation recommandable seulement pour les gravures sur bois dont elle est ornée et qui est si connue sous le nom de Chronique de Nurenberg. Le volume, dont les plats étaient légèrement entre-bâillés, reposait sur sa tranche médiane.

Je ne saurais dire depuis combien de temps mes regards étaient attachés sans cause sur ce vieil in-folio, quand ils furent captivés par un spectacle tellement extraordinaire qu'un homme totalement dépourvu d'imagination, comme je suis, devait lui même en être vivement frappé.

Je vis tout à coup, sans m'être aperçu de sa venue, une petite personne assise sur le dos du livre, un genou replié et une jambe pendante, à peu près dans l'attitude que prennent sur leur cheval les amazones d'Hyde-Park ou du bois de Boulogne. Elle était si petite que son pied ballant ne descendait pas jusqu'à la table sur laquelle s'étalait en serpentant la queue de sa robe. Mais son visage et ses formes étaient d'une femme adulte. L'ampleur de son corsage et la rondeur de sa taille ne laissaient aucun doute à cet égard, même à un vieux savant comme moi. J'ajouterai, sans crainte de me tromper, qu'elle était fort belle et de mine fière, car mes études iconographiques m'ont habitué de longue date à reconnaître la pureté d'un type et le caractère d'une physionomie. La figure de cette dame, assise si inopinément sur le dos d'une Chronique de Nurenberg, respirait une noblesse mélangée de mutinerie. Elle avait l'air d'une reine, mais d'une reine capricieuse ; et je jugeai, à la seule expression de son regard, qu'elle exerçait quelque part une grande autorité avec beaucoup de fantaisie. Sa bouche était impérieuse et ironique et ses yeux bleus riaient d'une façon inquiétante sous des sourcils noirs, dont l'arc était très pur. J'ai toujours entendu dire que les sourcils noirs sont très séants aux blondes, et cette dame était blonde. En somme, l'impression qu'elle donnait était celle de la grandeur.

JE VIS UNE PETITE PERSONNE ASSISE SUR LE DOS DU LIVRE.

Il peut sembler étrange qu'une personne haute comme une bouteille et qui aurait disparu dans la poche de ma redingote, s'il n'eût pas été irrévérencieux de l'y mettre, donnât précisément l'idée de la grandeur. Mais il y avait dans les proportions de la dame assise sur la Chronique de Nurenberg une sveltesse si fière, une harmonie si majestueuse, elle gardait une attitude à la fois si aisée et si noble, qu'elle me parut grande. Bien que mon encrier, qu'elle considérait avec une attention moqueuse comme si elle eût pu lire par avance tous les mots qui devaient en sortir au bout de ma plume, fût pour elle un bassin profond où elle eût noirci jusqu'à la jarretière ses bas de soie rose à coins d'or, elle était grande, vous dis-je, et imposante dans son enjouement.

Son costume, approprié à sa physionomie, était d'une extrême magnificence; il consistait en une robe de brocart d'or et d'argent et en un manteau de velours nacarat, doublé de menu vair. La coiffure était une sorte de hennin à deux cornes, que des perles d'un bel orient rendaient clair et lumineux comme le croissant de la lune. Sa petite main blanche tenait une baguette qui attira mon attention d'une manière d'autant plus efficace que mes études archéologiques m'ont disposé à reconnaître avec quelque certitude les insignes par lesquels se distinguent les notables personnes de la légende et de l'histoire. Cette connaissance me fut utile en cette occasion. J'examinai la baguette, et je reconnus qu'elle avait été taillée dans une menue branche de coudrier. C'est, me dis je, une baguette de fée, conséquemment, la dame qui la tient est une fée.

Heureux de connaître la personne à qui j'avais affaire, j'essayai de rassembler mes idées pour lui adresser un compliment respectueux. J'eusse éprouvé quelque satisfaction, je le confesse, à lui parler doctement du rôle de ses pareilles, tant dans les races saxonne et germanique, que dans l'Occident latin. Une telle dissertation était dans ma pensée une façon ingénieuse de remercier cette dame d'être apparue à un vieil érudit, contrairement à l'usage constant de ses semblables, qui ne se montrent qu'aux enfants naïfs et aux villageois incultes.

Pour être fée, on n'en est pas moins femme, me disais-je, et puisque madame Récamier, ainsi que je l'ouïs dire à J.-J. Ampère, comptait pour quelque chose l'impression que produisait sa beauté sur les petits ramoneurs, la dame surnaturelle qui est assise sur la Chronique de Nurenberg sera sans doute flattée d'entendre un érudit la traiter doctement comme une médaille, un sceau, une fibule ou un jeton. Mais cette entreprise, qui coûtait beaucoup à ma timidité, me devint vraiment impossible, quand je vis la dame de la Chronique tirer vivement d'une aumônière, qu'elle portait au côté, des noisettes plus petites que je n'en vis jamais, en briser les coquilles entre ses dents et me les jeter au nez, tandis qu'elle croquait l'amande avec la gravité d'un enfant qui tette.

En une telle conjoncture, je fis ce qu'exigeait la dignité de la science, je me tus. Mais les coquilles m'ayant causé un chatouillement pénible, je portai la main à mon nez et je constatai alors, à ma grande surprise, que mes lunettes en chevauchaient l'extrémité et que je voyais la dame non à travers, mais par-dessus les verres, chose incompréhensible, puisque

VOUS POUVEZ VOUS VANTER D'AVOIR FAIT PEUR AUX COUPLES ATTARDÉS

mes yeux, usés sur les vieux textes, ne distinguent pas sans bésicles un melon d'une carafe, placés tous deux au bout de mon nez.

Ce nez, remarquable par sa masse, sa forme et sa coloration, attira légitimement l'attention de la fée, car elle saisit ma plume d'oie, qui s'élevait comme un panache au-dessus de l'encrier, et elle promena sur mon nez les barbes de cette plume. J'eus parfois, en compagnie, l'occasion de me prêter aux espiègleries innocentes des jeunes demoiselles qui, m'associant à leurs jeux, m'offraient leur joue à baiser à travers un dossier de chaise ou m'invitaient à éteindre une bougie qu'elles élevaient tout à coup hors de la portée de mon souffle. Mais jusque-là aucune personne du sexe ne m'avait soumis à des caprices aussi familliers que de m'agacer les narines avec les barbes de ma propre plume. Je me rappelai heureusement une maxime de feu mon grand-père, qui avait coutume de dire que tout est permis aux dames, et que tout ce qui vient d'elles est grâce et faveur. Je reçus donc comme faveur et grâce les coquilles des noisettes et les barbes de la plume, et j'essayai de sourire. Bien plus! je pris la parole :

— Madame, dis-je avec politesse et dignité, vous accordez l'honneur de votre visite, non à un morveux ni à un rustre, mais bien à un bibliothécaire assez heureux pour vous connaître et qui sait que jadis vous emmêliez dans les crèches les crins de la jument, buviez le lait dans les jattes écumeuses, couliez des graines à gratter dans le dos des aïeules, faisiez pétiller l'âtre aux nez des bonnes gens et, pour tout dire, mettiez le désordre et la gaieté dans la maison. Vous pouvez vous vanter, de plus, d'avoir, le soir, dans les bois, fait les plus jolies peurs du monde aux couples attardés. Mais je vous croyais évanouie à jamais depuis trois siècles au moins. Se peut-il, madame, qu'on vous voie en ce temps de chemins de fer et de télégraphes? Ma concierge, qui fut nourrice en son temps, ne sait pas votre histoire, et mon petit voisin, que sa bonne mouche encore, affirme que vous n'existez point.

— Qu'en dites-vous? s'écria-t-elle d'une voix argentine, en se campant dans sa petite taille royale d'une façon cavalière et en fouettant comme un hippogriffe le dos de la Chronique de Nurenberg.

— Je ne sais, lui répondis-je, en me frottant les yeux.

Cette réponse, empreinte d'un scepticisme profondément scientifique, fit sur mon interlocutrice le plus déplorable effet.

— Monsieur Sylvestre Bonnard, me dit-elle, vous n'êtes qu'un cuistre. Je m'en étais toujours doutée. Le plus petit des marmots qui vont par les chemins avec un pan de chemise à la fente de leur culotte me connaît mieux que tous les gens à lunettes de vos Instituts et de vos Académies. Savoir n'est rien, imaginer est tout. Rien n'existe que ce qu'on imagine. Je suis imaginaire. C'est exister cela, je pense! On me rêve et je parais! Tout n'est que rêve, et, puisque personne ne rêve de vous, Sylvestre Bonnard, c'est vous qui n'existez pas. Je charme le monde; je suis partout, sur un rayon de lune, dans le frisson d'une source cachée, dans le feuillage mouvant qui chante, dans les blanches vapeurs qui montent, chaque matin, du creux des prairies, au milieu des bruyères roses, partout!... On me voit, on m'aime. On soupire, on frissonne sur la trace légère de mes pas qui font chanter les feuilles mortes. Je fais sourire les petits enfants, je donne de l'esprit aux plus épaisses nourrices. Penchée sur les berceaux, je lutine, je console et j'endors, et vous doutez que j'existe! Sylvestre Bonnard, votre chaude douillette recouvre le cuir d'un âne.

Elle se tut; l'indignation gonflait ses fines narines et, tandis que j'admirais, malgré mon dépit, la colère héroïque de cette petite personne, elle promena ma plume dans l'encrier, comme un aviron dans un lac, et me la jeta au nez le bec en avant.

Je me frottai le visage que je sentis tout mouillé d'encre. Elle avait disparu. Ma lampe s'était éteinte: un rayon de lune traversait la vitre et descendait sur la Chronique de Nurenberg. Un vent frais, qui s'était élevé sans que je m'en aperçusse, faisait voler plumes, papiers et pains à cacheter. Ma table était toute tachée d'encre. J'avais laissé ma fenêtre entr'ouverte pendant l'orage. Quelle imprudence!

III

Lusance, 12 août

J'ai écrit à ma gouvernante, comme je m'y étais engagé, que j'étais sain et sauf. Mais je me suis bien gardé de lui dire que j'eus un rhume de cerveau pour m'être endormi le soir, dans la bibliothèque, pendant que la fenêtre était ouverte, car l'excellente femme ne m'eût pas plus ménagé les remontrances que les parlements aux rois. « A votre âge, monsieur, m'eût-elle dit, être si peu raisonnable! » Elle est assez simple pour croire que la raison augmente avec les années. Je lui semble une exception à cet égard.

N'ayant pas les mêmes motifs de taire mon aventure à madame de Gabry, je lui contai mon rêve tout au long. Je le lui contai comme il est dans ce journal et comme je l'eus en dormant. J'ignore l'art des fictions. Il se peut toutefois qu'en le contant et en l'écrivant j'aie mis çà et là quelques circonstances et quelques paroles qui n'y étaient point d'abord, non certes pour altérer la vérité, mais plutôt par un secret désir d'éclaircir et d'achever ce qui demeurait obscur et confus et en cédant peut-être à ce goût de l'allégorie que, dans mon enfance, j'ai reçu des Grecs.

Madame de Gabry m'écouta sans déplaisir.

— Votre vision, me dit-elle, est charmante, et il faut bien de l'esprit pour en avoir de pareilles.

— C'est donc, lui répondis-je, que j'ai de l'esprit quand je dors.

— Quand vous rêvez, reprit-elle, et vous rêvez toujours!

Je sais bien qu'en parlant ainsi, madame de Gabry n'avait pas d'autre idée que de me faire plaisir, mais cette seule pensée mérite toute ma reconnaissance, et c'est dans un esprit de gratitude et de douce remembrance que je la note en ce cahier, que je relirai jusqu'à ma mort et qui ne sera lu par personne autre que moi.

J'employai les jours qui suivirent à achever l'inventaire des manuscrits de la bibliothèque de Lusance. Quelques mots confidentiels qui échappèrent à M. Paul de Gabry me causèrent une surprise pénible et me déterminèrent à conduire mon travail autrement que je ne l'avais commencé. J'appris de lui que la fortune de M. Honoré de Gabry, mal gérée depuis longtemps et emportée en grande partie par la faillite d'un banquier dont il me tut le nom, n'était transmise aux héritiers de l'ancien pair de France que sous la forme d'immeubles hypothéqués et de créances irrécouvrables.

M. Paul, d'accord avec ses cohéritiers, était décidé à vendre la bibliothèque, et je dus rechercher les moyens d'opérer cette vente le plus avantageusement possible. Étranger comme je le suis à tout négoce et trafic, je résolus de prendre conseil d'un libraire de mes amis. Je lui écrivis de me venir trouver à Lusance et, en attendant sa venue, je pris ma canne et mon chapeau et m'en allai visiter les églises du diocèse, dont quelques-unes renferment des inscriptions funéraires qui n'ont pas encore été relevées correctement.

Je quittai donc mes hôtes et partis en pèlerinage. Explorant tout le jour les églises et les cimetières, visitant les curés et les tabellions de village, soupant à l'auberge avec les colporteurs et les marchands de bestiaux, couchant dans des draps parfumés de lavande, je goûtai pendant une semaine entière un plaisir calme et profond à voir, tout en songeant aux morts, les vivants accomplir leur travail quotidien. Je ne fis, en ce qui concerne l'objet de mes recherches, que des découvertes médiocres qui me causèrent une joie modérée et par cela même salubre et nullement fatigante. Je relevai quelques épitaphes intéressantes et j'ajoutai à ce petit trésor plusieurs recettes de cuisine rustique dont un bon curé voulut bien me faire part.

Ainsi enrichi, je retournai à Lusance et je traversai la cour d'honneur avec l'intime satisfaction d'un bourgeois qui rentre chez lui. C'est là un effet de la bonté de mes hôtes, et l'impression que je ressentis alors sur leur seuil prouve mieux que tous les raisonnements l'excellence de leur hospitalité.

J'entrai jusque dans le grand salon sans rencontrer personne, et le jeune marronnier qui étendait là ses grandes feuilles me fit l'effet d'un ami. Mais ce que je vis ensuite sur la console me causa une telle surprise que je rajustai à deux mains mes bésicles sur mon nez et que je me tâtai pour me redonner une notion au moins superficielle de ma propre existence. Il me vint à l'esprit, en une seconde, une vingtaine d'idées dont la plus soutenable fut que j'étais devenu fou. Il me semblait impossible que ce que je voyais existât, et il m'était impossible de ne pas le voir comme une chose existante. Ce qui causait ma surprise reposait, comme j'ai dit, sur la console que surmontait une glace plombée et piquée.

Je m'aperçus dans cette glace et je puis dire que j'ai vu une fois en ma vie l'image accomplie de la stupéfaction. Mais je me donnai raison à moi-même et je m'approuvai d'être stupéfait d'une chose stupéfiante.

L'objet, que j'examinais avec un étonnement que la réflexion ne diminuait pas, s'imposait à mon examen dans une entière immobilité. La persistance et la fixité du phénomène excluait toute idée d'hallucination. Je suis totalement exempt des affections nerveuses qui perturbent le sens de la vue. La cause en est généralement due à des désordres stomacaux, et je suis pourvu, Dieu merci! d'un excellent estomac. D'ailleurs, les illusions de la vue sont accompagnées de circonstances particulières et anormales qui frappent les hallucinés eux-mêmes et leur inspirent une sorte d'effroi. Or, je n'éprouvais rien de semblable et l'objet que je voyais, bien qu'impossible en soi, m'apparaissait dans toutes les conditions de la réalité naturelle. Je remarquais qu'il avait trois dimensions et des couleurs et qu'il portait ombre. Ah! si je l'examinais! Les larmes m'en vinrent aux yeux, et je dus essuyer les verres de mes lunettes.

Enfin il fallut me rendre à l'évidence et constater que j'avais, devant les yeux, la fée, la fée que j'avais rêvée l'autre soir dans la bibliothèque. C'était elle, c'était elle, vous dis-je! Elle avait encore son air de reine enfantine, son attitude souple et fière; elle tenait dans la main sa baguette de coudrier; elle portait le hennin à deux cornes et la queue de la robe de brocart serpentait autour de ses petits pieds. Même visage, même taille. C'est bien elle, et, pour qu'on ne s'y trompât pas, elle était assise sur le dos d'un vieux et gros bouquin tout semblable à la Chronique de Nurenberg. Son immobilité me rassurait à demi et je craignis en vérité qu'elle ne tirât encore des noisettes de son aumônière pour m'en jeter les coquilles au visage.

Je restais là, bras ballants et bouche bée, quand la voix de madame de Gabry résonna à mon oreille.

— Vous examinez votre fée, monsieur Bonnard, me dit mon hôtesse; eh bien! la trouvez-vous ressemblante?

Cela fut vite dit; mais, en l'entendant, j'eus le temps de reconnaître que ma fée était une statuette modelée en cires colorées, avec beaucoup de goût et de sentiment, par une main encore inexpérimentée. Le phénomène, ainsi ramené à une interprétation rationnelle, ne laissait pas de me surprendre encore. Comment et par qui la dame de la Chronique était-elle parvenue à une existence matérielle? C'est ce qu'il me tardait d'apprendre.

Me tournant vers madame de Gabry, je m'aperçus qu'elle n'était pas seule. Une jeune fille vêtue de noir se tenait près d'elle. Elle avait des yeux d'un gris aussi doux que le ciel de l'Ile-de-France, et d'une expression à la fois intelligente et naïve. Au bout de ses bras un peu grêles se tourmentaient deux mains déliées, mais rouges, comme il convient à des mains de jeune fille. Prise dans sa robe de mérinos, elle était tout d'un jet comme un jeune arbre, et sa grande bouche annonçait la franchise. Je ne puis dire combien cette enfant me plut tout d'abord. Elle n'était pas belle, mais les trois fossettes de ses joues et de son menton riaient, et toute sa personne, qui gardait la gaucherie de l'innocence, avait je ne sais quoi de brave et de bon.

Mes regards allaient de la statuette à la fillette et je vis celle-ci rougir, mais franchement, largement, à flot.

— Eh bien, me dit mon hôtesse, qui, accoutumée à mes distractions, me faisait volontiers deux fois la même question, est-ce là véritablement la dame qui, pour vous voir, entra par la fenêtre que vous aviez laissée ouverte? Elle fut bien effrontée, mais vous bien imprudent Enfin la reconnaissez-vous?

— C'est elle, répondis-je, et je la revois sur cette console telle que je la vis sur la table de la bibliothèque.

— S'il en est ainsi, répondit madame de Gabry, prenez-vous-en de cette ressemblance à vous d'abord qui, pour un homme dénué de toute imagination, comme vous dites être, savez peindre vos songes sous de vives couleurs, à moi ensuite qui retins et sus redire fidèlement votre rêve, et enfin et surtout, à mademoiselle Jeanne, qui a, sur mes indications précises, modelé la cire que vous voyez là.

Madame de Gabry avait pris, en parlant, la main de la jeune fille, mais celle-ci s'était dégagée et fuyait déjà dans le parc.

Madame de Gabry la rappela :

— Jeanne!... Peut-on être sauvage à ce point! Venez qu'on vous gronde!

Mais rien ne fit, et l'effarouchée disparut dans le feuillage. Madame de Gabry s'assit dans le seul fauteuil qui restât au salon délabré.

— Je serais bien surprise, me dit elle, si mon mari ne vous avait pas déjà parlé de Jeanne. Nous l'aimons beaucoup, et c'est une excellente enfant. Dites vrai, comment trouvez-vous sa statuette?

Je répondis que c'était un ouvrage plein d'esprit et de goût, mais qu'il manquait à l'auteur l'étude et la pratique ; qu'au reste j'étais touché au possible de ce que de jeunes doigts eussent brodé de la sorte sur le canevas d'un bonhomme, et figuré d'une façon si brillante les songeries d'un vieux radoteur.

UNE JEUNE FILLE VÊTUE DE NOIR SE TENAIT PRÈS D'ELLE.

— Si je vous demande ainsi votre avis, reprit madame de Gabry, c'est que Jeanne est une pauvre orpheline. Croyez-vous qu'elle puisse gagner quelque argent à faire des statuettes comme celle-ci?

— Pour cela, non! répondis-je ; et il n'y a pas trop à le regretter. Cette demoiselle est, dites-vous, affectueuse et tendre ; je vous en crois et j'en crois son visage. La vie d'artiste a des entraînements qui font sortir de la règle et de la mesure les âmes généreuses. Cette jeune créature est pétrie d'une argile aimante. Mariez-la.

— Mais elle n'a pas de dot! me répondit madame de Gabry.

Puis, baissant un peu la voix :

— A vous, monsieur Bonnard, je puis tout dire. Le père de cette enfant était un financier bien connu. Il montait de grandes affaires. Il avait l'esprit aventureux et séduisant. Ce n'était pas un malhonnête homme : il se trompait lui-même avant de tromper les autres. Et c'est encore là, peut-être, la plus grande habileté. Nous étions en relations fréquentes avec lui. Il nous ensorcela tous, mon mari, mon oncle, mes cousins. Son effondrement fut subit. Dans ce désastre, la fortune de mon oncle — Paul vous l'a dit — sombra aux trois quarts. Nous fûmes beaucoup moins atteints, et, puisque nous n'avons pas d'enfants!... Il mourut peu de temps après sa ruine, ne laissant absolument rien ; c'est ce qui me fait dire qu'il était probe. Vous devez connaître son nom, qu'on a vu dans les journaux : Noël Alexandre. Sa femme était fort aimable ; je crois qu'elle avait été jolie. Elle aimait un peu trop paraître. Mais elle montra du courage et de la dignité lors de la ruine de son mari. Elle mourut un an après lui, laissant Jeanne seule au monde. Elle n'avait rien pu sauver de sa fortune personnelle, qui était assez belle. Madame Noël Alexandre était une Allier, la fille d'Achille Allier, de Nevers.

— La fille de Clémentine! m'écriai-je. Clémentine est morte et sa fille est morte! L'humanité se compose presque tout entière des morts, tant c'est peu que les vivants au regard de la multitude de ceux qui ont vécu. Qu'est-ce donc que cette vie, plus brève que la brève mémoire des hommes!

Et je fis cette prière mentale :

— D'où vous êtes aujourd'hui, Clémentine, regardez ce cœur maintenant refroidi par l'âge, mais dont le sang bouillonna jadis pour vous, et dites s'il ne se ranime pas à la pensée d'aimer ce qui reste de vous sur la terre. Tout passe, puisque vous avez passé, vous et votre fille; mais la vie est immortelle; c'est elle qu'il faut aimer dans ses figures sans cesse renouvelées.

» J'étais avec mes livres comme l'enfant qui agite des osselets. Ma vie, en ses derniers jours, prend un sens, un intérêt, une raison d'être. Je suis grand-père. La petite-fille de Clémentine est pauvre. Je ne veux pas qu'un autre que moi la pourvoie et la dote.

Voyant que je pleurais, madame de Gabry s'éloigna lentement.

IV

Paris, 16 avril.

Saint Droctovée et les premiers abbés de Saint-Germain-des-Prés m'occupent depuis quarante ans, mais je ne sais si j'écrirai leur histoire avant d'aller les rejoindre. Il y a déjà longtemps que je suis vieux. Un jour de l'an passé, sur le pont des Arts, quelqu'un de mes confrères de l'Institut se plaignit devant moi de l'ennui de vieillir. « C'est encore, lui répondit Sainte-Beuve, le seul moyen qu'on ait trouvé de vivre longtemps. » J'ai usé de ce moyen, et je sais ce qu'il vaut. Le dommage est, non point de trop durer, mais bien de voir tout passer autour de soi. Mère, femme, amis, enfants, la nature fait et défait ces divins trésors avec une morne indifférence, et il se trouve qu'enfin nous n'avons aimé, nous n'avons embrassé que des ombres. Mais il en est de si douces! Si jamais créature glissa comme une ombre dans la vie d'un homme, c'est bien la jeune fille que j'aimais quand (chose incroyable à cette heure) j'étais moi-même un jeune homme. Et pourtant le souvenir de cette ombre est encore aujourd'hui une des meilleures réalités de ma vie.

Un sarcophage chrétien des catacombes de Rome porte une formule d'imprécation dont j'ai appris avec le temps à comprendre le sens terrible. Il y est dit : « Si quelque impie viole cette sépulture, qu'il meure le dernier des siens! » En ma qualité d'archéologue, j'ai ouvert des tombeaux, remué des cendres, pour recueillir les lambeaux d'étoffes, les ornements de métal et les gemmes qui étaient mêlés à ces cendres. Je l'ai fait par une curiosité de savant, de laquelle la vénération et la piété n'étaient point absentes. Puisse la malédiction gravée par un des premiers disciples des apôtres sur la tombe d'un martyr ne jamais m'atteindre! Mais comment me frapperait-elle? Je ne dois pas craindre de survivre aux miens tant qu'il y aura des hommes sur la terre, car il en est toujours qu'on peut aimer.

Hélas! la puissance d'aimer s'affaiblit et se perd avec l'âge comme toutes les autres énergies de l'homme. L'exemple le prouve et c'est là ce qui m'effraie. Suis-je certain de n'avoir pas moi-même éprouvé déjà ce grand dommage? Je l'aurais assurément éprouvé sans une heureuse rencontre qui m'a rajeuni. Les poètes parlent de la fontaine de Jouvence : elle existe, elle jaillit de dessous terre à chacun de nos pas. Et l'on passe sans y boire!

Depuis que j'ai trouvé la petite-fille de Clémentine, ma vie, qui n'avait plus d'utilité, a repris un sens et une raison d'être.

Aujourd'hui, je prends le soleil, comme on dit en Provence, je le prends sur la terrasse du Luxembourg, au pied de la statue de Marguerite de Navarre. C'est un soleil de printemps, capiteux comme un vin jeune. Je suis assis et je songe. Mes pensées s'échappent de ma tête comme la mousse d'une bouteille de bière. Elles sont légères et leur pétillement m'amuse. Je rêve; cela est bien permis, je pense, à un bonhomme qui publia trente volumes de textes anciens et collabora pendant vingt-six ans au *Journal des Savants*. J'ai la satisfaction d'avoir fait ma tâche aussi bien qu'il m'était possible et d'avoir pleinement exercé les médiocres facultés que la nature m'avait données. Mes efforts ne furent pas tout à fait vains, et j'ai contribué, pour ma modeste part, à cette renaissance des travaux historiques qui restera l'honneur de ce siècle inquiet. Je serai compté certes parmi les dix ou douze érudits qui révélèrent à la France ses antiquités littéraires. Ma publication des œuvres poétiques de Gaulthier de Coincy inaugura une méthode judicieuse et fit date. C'est dans le calme sévère de la vieillesse que je me décerne à moi-même ce prix mérité, et Dieu, qui voit mon âme, sait si l'orgueil ou la vanité ont la moindre part à la justice que je me rends.

Mais je suis las, mes yeux se troublent, ma main tremble et je vois mon image en ces vieillards d'Homère, que leur faiblesse écartait des combats et qui, assis sur les remparts, élevaient leurs voix comme les cigales dans la feuillée.

Ainsi allaient mes pensées quand trois jeunes gens s'assirent bruyamment dans mon voisinage. Je ne sais si chacun d'eux était venu en trois bateaux, comme le singe de La Fontaine, mais il est certain que les trois se mirent sur douze chaises. Je pris plaisir à les observer, non qu'ils eussent rien de bien extraordinaire, mais parce que je leur trouvai cet air brave et joyeux qui est naturel à la jeunesse. Ils appartenaient aux écoles. J'en fus assuré moins peut-être aux livres qu'ils tenaient à la main qu'au caractère de leur physionomie. Car tous ceux qui s'occupent des choses de l'esprit se reconnaissent dès l'abord par un je ne sais quoi qui leur est commun. J'aime beaucoup les jeunes gens et ceux-ci me plurent, malgré certaines façons provocantes et farouches qui me rappelèrent à merveille le temps de mes études. Toutefois ils ne portaient point, comme nous, de longs cheveux sur des pourpoints de velours; ils ne se promenaient pas, comme nous, avec une tête de mort, ils ne s'écriaient pas comme nous : « Enfer et malédiction! » Ils étaient correctement vêtus et ni leur costume ni leur langage n'empruntaient rien au moyen âge. Je dois ajouter qu'ils s'occupèrent des femmes qui passaient sur la terrasse et qu'ils en apprécièrent quelques-unes en termes assez vifs. Mais leurs réflexions sur ce sujet n'allèrent point jusqu'à m'obliger à quitter la place. Au reste, quand la jeunesse est studieuse, je lui permets d'avoir ses gaietés.

UN JOUR DE L'AN PASSÉ, SUR LE PONT DES ARTS.

Un d'eux ayant fait je ne sais quelle plaisanterie galante :

— Qu'est-ce à dire? s'écria, avec un léger accent gascon, le plus petit et le plus brun des trois. C'est à nous autres physiologistes à nous occuper de la matière vivante. Quant à vous, Gélis, qui, comme tous vos confrères les archivistes paléographes, n'existez que dans le passé, occupez-vous de ces femmes de pierre qui sont vos contemporaines.

Et il lui montrait du doigt les statues des dames de l'ancienne France qui s'élèvent toutes blanches, en demi-cercle sous les arbres de la terrasse. Cette plaisanterie, insignifiante en elle-même, m'apprit du moins que celui qu'on nommait Gélis était un élève de l'École des chartes. La suite de la conversation me fit savoir que son voisin, blond et blême jusqu'à l'effacement, silencieux et sarcastique, était Boulmier, son camarade d'école. Gélis et le futur docteur (je souhaite qu'il le devienne un jour) discouraient ensemble avec beaucoup de fantaisie et de verve. Après s'être élevés jusqu'aux plus hautes spéculations, ils jouaient sur les mots et disaient de ces bêtises particulières aux gens d'esprit; je veux dire des bêtises énormes. Je n'ai pas besoin d'ajouter qu'ils ne consentaient à soutenir que les plus monstrueux paradoxes. A la bonne heure! Je n'aime pas les jeunes gens trop raisonnables.

L'étudiant en médecine, ayant regardé le titre du livre que Boulmier tenait à la main :

— Tiens! lui dit-il, tu lis du Michelet, toi!

— Oui, répondit gravement Boulmier, j'aime les romans

Gélis, qui les dominait de sa belle taille élancée, de son geste impérieux et de sa parole prompte, prit le livre, le feuilleta et dit :

— C'est le Michelet de la dernière manière, le meilleur Michelet. Plus de récit! Des colères, des pamoisons, une crise d'épilepsie à propos de faits qu'il dédaigne d'exposer. Des cris de petit enfant, des envies de femme grosse! des soupirs et pas une phrase faite! C'est étonnant!

Et il rendit le livre à son camarade. Cette folie est amusante, me dis-je, et non pas si dénuée de sens qu'elle en a l'air. Car il y a bien un peu d'agitation et je dirais même de trépidation dans les récents écrits de notre grand Michelet.

Mais l'étudiant provençal affirma que l'histoire était un exercice de rhétorique tout à fait méprisable. Selon lui, la seule et vraie histoire est l'histoire naturelle de l'homme. Michelet était dans la voie quand il rencontra la fistule de Louis XIV, mais il retomba tout aussitôt dans la vieille ornière.

Ayant exprimé cette judicieuse pensée, le jeune physiologiste alla rejoindre un groupe d'amis qui passait. Les deux archivistes, moins apparentés dans le jardin trop distant de la rue Paradis-au-Marais, restèrent en tête à tête et se mirent à causer de leurs études. Gélis, qui achevait sa troisième année d'école, préparait une thèse dont il exposa le sujet avec un enthousiasme juvénile. A la vérité, ce sujet me parut bon et d'autant meilleur que j'ai cru devoir moi-même en traiter récemment une notable partie. C'était le *Monasticon gallicanum*. Le jeune érudit (je lui donne ce nom comme un présage) voulait expliquer toutes les planches gravées vers 1690 pour l'ouvrage que Dom Germain eût fait imprimer sans l'irrémédiable empêchement qu'on ne prévoit guère et qu'on n'évite jamais. Dom Germain laissa du moins en mourant son manuscrit complet et bien en ordre. En ferai-je autant du mien? Mais ce n'est point la question. M. Gélis, autant que je pus le comprendre, se proposait de consacrer une notice archéologique à chacune des abbayes figurées par les humbles graveurs de Dom Germain.

Son ami lui demanda s'il connaissait tous les documents manuscrits et imprimés relatifs à son sujet. C'est alors que je dressai l'oreille. Ils parlèrent d'abord des sources originales, et je dois reconnaître qu'ils le firent avec une suffisante méthode, malgré d'innombrables et difformes calembours. Puis ils en vinrent aux travaux de la critique contemporaine.

— As-tu lu, dit Boulmier, la notice de Courajod?

« Bon! » me dis-je.

— Oui, répondit Gélis; c'est un travail consciencieux.

— As-tu lu, dit Boulmier, l'article de Tamisey de Larroque dans la *Revue des questions historiques?*

« Bon! » me dis-je pour la seconde fois.

— Oui, répondit Gélis, et j'y ai trouvé des indications utiles.

AH! AH! ME DIS-JE EN ME LEVANT.

— As-tu lu, dit Boulmier, le *Tableau des abbayes bénédictines en 1600*, par Sylvestre Bonnard?

« Bon! » me dis-je pour la troisième fois.

— Mon Dieu! non, répondit Gélis. Et je ne sais si je le lirai. Sylvestre Bonnard est un imbécile.

En tournant la tête, je vis que l'ombre avait gagné la place où j'étais. Il faisait frais et je m'estimai fort sot de risquer un rhumatisme à écouter les impertinences de deux jeunes fats.

« Ah! ah! me dis-je en me levant. Que cet oisillon jaseur fasse sa thèse et la soutienne. Il trouvera mon collègue Quicherat ou quelque autre professeur de l'école pour lui montrer son béjaune. Je le nomme proprement un polisson, et vraiment, en y songeant comme j'y songe à cette heure, ce qu'il a dit de Michelet est intolérable et passe les bornes. Parler ainsi d'un vieux maître plein de génie! c'est abominable! »

17 avril.

— Thérèse, donnez-moi mon chapeau neuf, ma meilleure redingote et ma canne à pomme d'argent.

Mais Thérèse est sourde comme un sac de charbon et lente comme la justice. Les ans en sont la cause. Le pis est qu'elle croit avoir ouïe fine et bon pied : et, fière de ses soixante ans d'honnête domesticité, elle sert son vieux maître avec le plus vigilant despotisme.

Que vous disais-je?... La voici qui ne veut pas me donner ma canne à pomme d'argent, de peur que je ne la perde. Il est vrai que j'oublie assez souvent parapluies et béquilles dans les omnibus et chez les libraires. Mais j'ai une bonne raison pour prendre aujourd'hui mon vieux jonc dont la pomme d'argent ciselé représente Don Quichotte galopant, la lance en arrêt, contre des moulins à vent, tandis que Sancho Pança, les bras au ciel, le conjure en vain de s'arrêter. Cette canne est tout ce que j'ai recueilli de l'héritage de mon oncle, le capitaine Victor, qui fut de son vivant plus semblable à Don Quichotte qu'à Sancho Pança et qui aimait les coups aussi naturellement qu'on les craint d'ordinaire.

Depuis trente ans, je la porte, cette canne, à chaque course mémorable ou solennelle que je fais, et les deux figurines du seigneur et de l'écuyer m'inspirent et me conseillent. Je crois les entendre. Don Quichotte me dit :

— « Pense fortement de grandes choses, et sache que la pensée est la seule réalité du monde. Hausse la nature à ta taille, et que l'univers entier ne soit pour toi que le reflet de ton âme héroïque. Combats pour l'honneur; cela seul est digne d'un homme, et s'il t'arrive de recevoir des blessures, répands ton sang comme une rosée bienfaisante, et souris »

Et Sancho Pança me dit à son tour :

— « Reste ce que le ciel t'a fait, mon compère. Préfère la croûte de pain qui sèche dans ta besace aux ortolans qui rôtissent dans la cuisine du seigneur. Obéis à ton maître, sage ou fou, et ne t'embarrasse pas le cerveau de trop de choses inutiles. Crains les coups : c'est tenter Dieu que de chercher le péril. »

Mais si le chevalier incomparable et son non pareil écuyer sont en image au bout de ce bâton, ils sont en réalité dans mon for intérieur. Nous avons tous en nous un Don Quichotte et un Sancho que nous écoutons, et alors même que Sanche nous persuade, c'est Don Quichotte qu'il nous faut admirer... Mais trêve de radotage! et allons chez madame de Gabry pour une affaire qui passe le train ordinaire de la vie.

Même jour.

Je trouvai madame de Gabry vêtue de noir et mettant ses gants.

— Je suis prête, me dit-elle.

Prête, c'est ainsi que je l'ai trouvée en toute occasion de bien faire.

Nous descendîmes l'escalier et montâmes en voiture.

Je ne sais quelle secrète influence je craignais de dissiper en rompant le silence, mais nous suivîmes les larges boulevards déserts en regardant, sans rien dire, les croix, les cippes et les couronnes qui attendent chez le marchand leur funèbre clientèle.

Le fiacre s'arrêta aux derniers confins de la terre des vivants, devant la porte sur laquelle sont gravées des paroles d'espérance.

Nous allâmes le long d'une allée de cyprès, puis nous suivîmes un chemin étroit ménagé entre des tombes.

— C'est là, me dit-elle.

Sur la frise ornée de torches renversées, cette inscription était gravée :

FAMILLES ALLIER ET ALEXANDRE

Une grille fermait l'entrée du monument. Au fond, surmontant un autel couvert de roses, une plaque de marbre portait des noms parmi lesquels je lus ceux de Clémentine et de sa fille.

Ce que je ressentis alors fut quelque hose de profond et de vague qui ne peut 'exprimer que par les sons d'une belle nusique. J'entendis des instruments d'une louceur céleste chanter dans ma vieille ime. Aux graves harmonies d'un hymne unéraire se mêlaient les notes voilées l'un cantique d'amour, car mon âme con-

C'EST LA, ME DIT-ELLE.

fondait dans un même sentiment la morne gravité du présent et les grâces familières du passé.

En quittant cette tombe que madame de Gabry avait parfumée de roses, nous traversâmes le cimetière sans nous rien dire. Quand nous fûmes de nouveau au milieu des vivants, ma langue se délia.

— Tandis que je vous suivais dans ces allées muettes, dis-je à madame de Gabry, je songeais à ces anges des légendes qu'on rencontre aux confins mystérieux de la vie et de la mort. La tombe à laquelle vous m'avez conduit, et que j'ignorais comme presque tout ce qui touche celle qu'elle recouvre avec les siens, m'a rappelé des émotions uniques dans ma vie et qui sont dans cette vie si terne comme une lumière sur un chemin noir. La lumière s'éloigne à mesure que la route s'allonge; je suis presque au bas de la dernière côte, et pourtant, je vois la lueur aussi vive chaque fois que je me retourne. Les souvenirs se pressent dans mon âme. Je suis comme un vieux chêne noueux et moussu qui réveille des nichées d'oiseaux chanteurs en agitant ses branches. Par malheur la chanson de mes oiseaux est vieille comme le monde et ne peut amuser que moi.

— Cette chanson me charmera, me dit-elle. Contez-moi vos souvenirs, et parlez-moi comme à une vieille femme. J'ai trouvé ce matin trois fils blancs dans mes cheveux.

— Voyez-les venir sans regret, madame, répondis-je : le temps n'est doux que pour ceux qui le prennent en douceur. Et quand, dans de longues années, une légère écume d'argent brodera vos bandeaux noirs, vous serez revêtue d'une beauté nouvelle, moins vive, mais plus touchante que la première et vous verrez votre mari admirer vos cheveux blancs à l'égal de la boucle noire que vous lui donnâtes en vous mariant et qu'il porte dans un médaillon comme une chose sainte. Ces boulevards sont larges et peu fréquentés. Nous pourrons causer tout à l'aise en cheminant. Je vous dirai d'abord comment j'ai connu le père de Clémentine. Mais n'attendez rien d'extraordinaire, rien de remarquable, car vous seriez grandement déçue

» M. de Lessay habitait le second étage d'une vieille maison de l'avenue de l'Observatoire, dont la façade de plâtre ornée de bustes antiques, et le grand jardin sauvage furent les premières images qui s'imprimèrent dans mes yeux d'enfant, et sans doute, lorsque viendra le jour inévitable, elles se glisseront les dernières sous mes paupières appesanties. Car c'est dans cette maison que je suis né, c'est dans ce jardin que j'appris, en jouant, à sentir et à connaître quelques parcelles de ce vieil univers. Heures charmantes, heures sacrées! quand l'âme toute fraîche découvre le monde qui se revêt pour elle d'un éclat caressant et d'un charme mystérieux. C'est qu'en effet, madame, l'univers n'est que le reflet de notre âme.

» Ma mère était une créature bien heureusement douée. Elle se levait avec le soleil comme les oiseaux, auxquels elle ressemblait par l'industrie domestique, par l'instinct maternel, par un perpétuel besoin de chanter et par une sorte de grâce brusque que je sentais fort bien, tout enfant que j'étais. Elle était l'âme de la maison, qu'elle remplissait de son activité ordonnée et joyeuse. Mon père était aussi lent qu'elle était vive. Je me rappelle son visage placide sur lequel passait par moment un sourire ironique. Il était fatigué, et il aimait sa fatigue. Assis près de la fenêtre, dans son grand fauteuil, il lisait du matin au soir et c'est de lui que je tiens l'amour des livres. J'ai dans ma bibliothèque un Mably et un Raynal qu'il a annotés de sa main d'un bout à l'autre. Il ne fallait point espérer qu'il se mêlât de rien au monde. Quand ma mère essayait par des ruses gracieuses de le tirer de son repos, il hochait la tête avec cette douceur inexorable qui fait la force des caractères faibles. Il désespérait la pauvre femme qui n'entrait pas du tout dans cette sagesse contemplative et ne comprenait de la vie que les soins quotidiens et le gai travail de chaque heure. Elle le croyait malade et craignait qu'il ne le devînt davantage. Mais son apathie avait une autre cause.

» Mon père, entré dans les bureaux de la marine, sous M. Decrès, en 1801, fit preuve d'un véritable talent d'administrateur. L'activité était grande alors dans le département de la marine, et mon père devint, en 1805, chef de la deuxième division administrative. Cette année-là, l'Empereur, auquel il avait été signalé par le ministre, lui demanda un rapport sur l'organisation de la marine anglaise. Ce travail, empreint, à l'insu du rédacteur, d'un esprit profondément libéral et philosophique, ne fut terminé qu'en 1807, dix-huit mois environ après la défaite de l'amiral Villeneuve à Trafalgar. Napoléon qui, depuis cette sinistre journée, ne voulait plus entendre parler d'un vaisseau, feuilleta le mémoire avec colère, et le jeta au feu en s'écriant : « Des phrases! des phrases! des phrases! » On rapporta à mon père que la colère de l'Empereur était telle en ce moment qu'il foulait le manuscrit sous sa botte, dans le feu de la cheminée. C'était d'ailleurs son habitude, quand il était irrité, de tisonner avec ses pieds, jusqu'à ce qu'il eût roussi ses semelles.

» Mon père ne se releva jamais de cette disgrâce, et l'inutilité de tous ses efforts pour bien faire fut certainement la cause de l'apathie dans laquelle il tomba plus tard. Pourtant Napoléon, de retour de l'île d'Elbe, le fit appeler et le chargea de rédiger, dans un esprit patriotique et libéral, des proclamations et des bulletins à la flotte. Après Waterloo, mon père, plus attristé que surpris, resta à l'écart et ne fut point inquiété. Seulement on s'accorda à dire que c'était un jacobin, un buveur de sang, un de ces hommes qu'on ne peut pas voir. Le frère aîné de ma mère, Victor Maldent, capitaine d'infanterie, mis à la demi-solde en 1814 et licencié en 1815, aggravait par sa mauvaise attitude les difficultés que la chute de l'Empire avait causées à mon père. Le capitaine Victor criait dans les cafés et dans les bals publics que les Bourbons avaient vendu la France aux Cosaques. Il découvrait à tout venant une cocarde tricolore cachée dans la coiffe de son chapeau, il portait avec ostentation une canne dont le pommeau, travaillé au tour, avait pour ombre la silhouette de l'Empereur.

» Si vous n'avez pas vu, madame, certaines lithographies de Charlet, vous ne pouvez vous faire aucune idée de la physionomie de l'oncle Victor quand, serré à la taille dans sa redingote à brandebourgs, portant sur la poitrine sa croix d'honneur et des violettes, il se promenait dans le jardin des Tuileries avec une farouche élégance.

» L'oisiveté et l'intempérance donnèrent le plus mauvais goût à ses passions politiques. Il insultait les gens qu'il voyait lire la *Quotidienne* ou le *Drapeau blanc*, et les forçait à se battre avec lui. Il eut ainsi la douleur et la honte de blesser en duel un enfant de seize ans. Enfin, mon oncle Victor était tout le contraire d'un homme sage, et, comme il venait déjeuner et dîner chez nous tous les jours que Dieu faisait, son mauvais renom s'attachait à notre foyer Mon pauvre père souffrait cruellement des incartades de son hôte, mais, comme il était bon, il laissait sans rien dire sa porte ouverte au capitaine qui l'en méprisait cordialement.

» Ce que je vous raconte là, madame, me fut expliqué depuis. Mais mon oncle le capitaine m'inspirait alors le plus pur enthousiasme et je me promettais bien de lui ressembler un jour autant qu'il me serait possible. Un beau matin, pour commencer la ressemblance, je me campai le poing sur la hanche et jurai comme un mécréant. Mon excellente mère m'appliqua sur la joue un soufflet si leste, que je restai quelque temps stupéfait avant de fondre en larmes. Je vois encore le vieux fauteuil de velours d'Utrecht jaune derrière lequel je répandis ce jour-là d'innombrables pleurs.

NAPOLÉON FEUILLETA LE MÉMOIRE AVEC COLÈRE.

» J'étais alors un bien petit homme Un matin mon père, m'ayant pris dans ses bras, selon son habitude, me sourit avec cette nuance de raillerie qui donnait quelque chose de piquant à son éternelle douceur. Pendant qu'assis sur ses genoux je jouais avec ses longs cheveux gris, il me disait des choses que je ne comprenais pas très bien, mais qui m'intéressaient beaucoup par cela même qu'elles étaient mystérieuses. Je crois, sans en être bien sûr, qu'il me contait, ce matin-là, l'histoire du petit roi d'Yvetot, d'après la chanson Tout à coup nous entendîmes un grand bruit et les vitres résonnèrent Mon père m'avait laissé glisser à ses pieds, ses bras étendus battaient l'air en tremblant, sa face était inerte et toute blanche, avec des yeux énormes. Il essaya de parler, mais ses dents claquaient. Enfin, il murmura : « Ils l'ont fusillé! » Je ne savais ce qu'il voulait dire et j'éprouvais une terreur obscure. J'ai su depuis qu'il parlait du maréchal Ney, tombé, le 7 décembre 1815, sous le mur qui fermait un terrain vague attenant à notre maison.

» Vers ce temps, je rencontrais souvent dans l'escalier un vieillard (ce n'était peut-être pas tout à fait un vieillard), dont les petits yeux noirs brillaient avec une extraordinaire vivacité sur un visage basané et immobile. Il ne me semblait pas vivant, ou du moins, il ne me semblait pas vivre de la même façon que les autres hommes. J'avais vu, chez M. Denon, où mon père m'avait mené, une momie rapportée d'Égypte, et je me figurais de bonne foi que la momie de M. Denon se réveillait quand elle était seule, sortait de son coffre doré, mettait un habit noisette et une perruque poudrée, et que c'était alors M. de Lessay. Et aujourd'hui même, chère madame, tout en repoussant cette opinion, comme dénuée de fondement, je dois confesser que M de Lessay ressemblait beaucoup à la momie de M. Denon. C'est assez pour expliquer que ce personnage m'inspirait une terreur fantastique.

» En réalité, M. de Lessay était un petit gentilhomme et un grand philosophe. Disciple de Mably et de Rousseau, il se flattait d'être sans préjugés, et cette prétention était à elle seule un gros préjugé Je vous parle, madame, d'un contemporain d'un âge disparu. Je crains de ne pas me faire comprendre et je suis certain de ne pas vous intéresser Cela est si loin de nous! Mais j'abrège autant qu'il est possible; d'ailleurs, je ne vous ai rien promis d'intéressant, et vous ne pouviez pas vous attendre à ce qu'il y eût de grandes aventures dans la vie de Sylvestre Bonnard. »

Madame de Gabry m'encouragea à poursuivre et je le fis en ces termes

— M. de Lessay était brusque avec les hommes et courtois envers les dames. Il baisait la main de ma mère, que les mœurs de la République et de l'Empire n'avaient point habituée à cette galanterie. Par lui, je touchai à l'époque de Louis XVI. M. de Lessay était géographe, et personne, à ce que je crois, ne s'est montré aussi fier que lui de s'occuper de la figure de cette terre.

C'ÉTAIT ALORS M. DE LESSAY.

» Il avait fait dans l'ancien régime de l'agriculture en philosophe et consumé ainsi ses champs jusqu'au dernier arpent. N'ayant plus une motte de terre à lui, il s'empara du globe entier et dressa une quantité extraordinaire de cartes, d'après les relations de voyageurs. Nourri comme il l'était de la plus pure moelle de l'Encyclopédie, il ne se bornait pas à parquer les humains à tel degré, tant de minutes et tant de secondes de latitude et de longitude. Il s'occupait de leur bonheur, hélas! Il est à remarquer, madame, que les hommes qui se sont occupés du bonheur des peuples ont rendu leurs proches bien malheureux. M de Lessay était royaliste voltairien, espèce assez commune alors parmi les ci-devant. Il était plus géomètre que d'Alembert, plus philosophe que Jean-Jacques et plus royaliste que Louis XVIII. Mais son amour pour le roi n'était rien en comparaison de sa haine pour l'Empereur. Il était entré dans la conspiration de Georges contre le premier consul, l'instruction l'ayant ignoré ou méprisé, il ne figura pas parmi les accusés; il ne pardonna jamais cette injure à Bonaparte, qu'il nommait l'ogre de Corse et à qui il n'aurait jamais confié, disait-il, un régiment, tant il le trouvait un pitoyable militaire

» En 1813, M. de Lessay, veuf depuis de longues années, épousa, à l'âge de cinquante-cinq ans environ, une très jeune femme qu'il employa à dessiner des cartes géographiques, et qui lui donna une fille et mourut en couches. Ma mère l'avait soignée dans sa courte maladie, elle veilla à ce que l'enfant ne manquât de rien. Cette enfant se nommait Clémentine.

» De cette mort et de cette naissance datent les relations de ma famille avec M. de Lessay. Comme je sortais alors de la première enfance, je m'obscurcis et m'épaissis; je perdis le don charmant de voir et de sentir, et les choses ne me causèrent plus ces surprises délicieuses qui font l'enchantement de l'âge le plus tendre Aussi ne me reste-t-il plus aucun souvenir des temps qui suivirent la naissance de Clémentine; je sais seulement qu'à peu de mois d'intervalle j'éprouvai un malheur dont la pensée me serre encore le cœur. Je perdis ma mère. Un grand silence, un grand froid et une grande ombre enveloppèrent subitement la maison.

» Je tombai dans une sorte d'engourdissement. Mon père m'envoya au lycée, et j'eus bien de la peine à sortir de ma torpeur

» Je n'étais pourtant pas tout à fait un imbécile et mes professeurs m'apprirent à peu près tout ce qu'ils voulurent, c'est-à-dire un peu de grec et de latin. Je n'eus commerce qu'avec les anciens J'appris à estimer Miltiade et à admirer Thémistocle. Quintus Fabius me devint familier, autant du moins que la familiarité m'était possible avec un si grand consul. Fier de ces hautes relations, je n'abaissai plus les yeux sur la petite Clémentine et sur son vieux père, qui d'ailleurs partirent un jour pour la Normandie sans que je daignasse m'inquiéter de leur retour.

» Ils revinrent pourtant, madame, ils revinrent! Influences du ciel, énergies de la nature, puissances mystérieuses qui répandez sur les hommes le don d'aimer, vous savez si j'ai revu Clémentine! Ils entrèrent dans notre triste demeure. M. de Lessay ne portait plus perruque. Chauve, avec des mèches grises sur ses tempes rouges, il annonçait une robuste vieillesse. Mais cette divine créature que je voyais resplendir à son bras et dont la présence illuminait le vieux salon fané, ce n'était donc pas une apparition, c'était donc Clémentine! Je le dis en vérité : ses yeux bleus, ses yeux de pervenche me parurent une chose surnaturelle, et encore aujourd'hui je ne puis m'imaginer que ces deux joyaux animés aient subi les fatigues de la vie et la corruption de la mort.

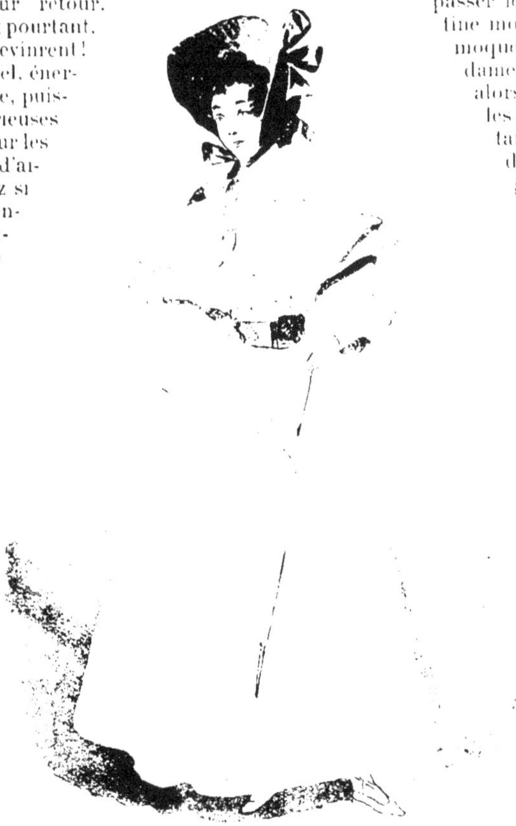

SON VISAGE BRILLAIT SOUS UNE CAPOTE ROSE.

» Elle se troubla un peu en saluant mon père qu'elle ne connaissait pas. Son teint était légèrement rosé et sa bouche entr'ouverte souriait de ce sourire qui fait songer à l'infini, sans doute parce qu'il ne trahit aucune pensée précise et qu'il n'exprime que la joie de vivre et le bonheur d'être belle. Son visage brillait sous une capote rose comme un bijou dans un écrin ouvert, elle portait une écharpe de cachemire sur une robe de mousseline blanche froncée à la taille et qui laissait passer le bout d'une bottine mordorée.. Ne vous moquez point, chère madame; c'était la mode alors, et je ne sais si les nouvelles ont autant de simplicité, de fraîcheur et de grâce décente.

» M. de Lessay nous dit qu'ayant entrepris la publication d'un atlas historique, il revenait habiter Paris et s'arrangerait avec plaisir de son ancien appartement, s'il était vacant. Mon père demanda à mademoiselle de Lessay si elle était heureuse de venir dans la capitale. Elle l'était, car son sourire s'épanouit. Elle souriait aux fenêtres ouvertes sur le jardin vert et lumineux; elle souriait au Marius de bronze assis dans les ruines de Carthage sur le cadran de la pendule, elle souriait aux vieux fauteuils de velours jaune et au pauvre étudiant qui n'osait lever les yeux sur elle. A compter de ce jour, comme je l'aimai!

» Mais nous voici arrivés rue de Sèvres et bientôt nous verrons vos fenêtres. Je suis un bien mauvais conteur et, si je m'avisais par impossible de composer un roman, je n'y réussirais guère. J'ai préparé longuement un récit que je vais vous faire en quelques mots, car il y a une certaine délicatesse, une certaine grâce de l'âme qu'un vieillard blesserait en s'étendant avec complaisance sur les sentiments de l'amour même le plus pur. Faisons quelques pas sur ce boulevard bordé de couvents et mon récit tiendra aisément dans l'espace qui nous sépare du petit clocher que vous voyez là-bas.

» M. de Lessay, apprenant que je sortais de l'École des chartes, me jugea digne de collaborer à son atlas historique. Il s'agissait de déterminer sur une suite de cartes ce que le vieillard philosophe nommait les vicissitudes des empires depuis Noé jusqu'à Charlemagne. M. de Lessay avait emmagasiné dans sa tête toutes les erreurs du XVIIIe siècle en matière d'antiquités. J'étais, en histoire, de l'école des novateurs et dans un âge où l'on ne sait guère feindre. La façon dont le vieillard comprenait, ou plutôt ne comprenait pas les temps barbares, son obstination à voir dans la haute antiquité des princes ambitieux, des prélats hypocrites et cupides, des citoyens vertueux, des poëtes philosophes et autres personnages, qui n'ont jamais existé que dans les romans de Marmontel, me rendait horriblement malheureux et m'inspira d'abord toutes sortes d'objections fort rationnelles sans doute, mais parfaitement inutiles et quelquefois dangereuses. M. de Lessay était bien irascible et Clémentine était bien belle. Entre elle et lui, je passais des heures de tortures et de délices. J'aimais, je fus lâche, et lui accordai bientôt tout ce qu'il exigea sur la figure historique et politique que cette terre, qui plus tard devait porter Clémentine, affectait aux époques d'Abraham, de Ménès et de Deucalion.

» A mesure que nous dressions nos cartes, mademoiselle de Lessay les lavait à l'aquarelle. Penchée sur la table, elle tenait le pinceau à deux doigts; une ombre lui descendait des paupières sur les joues et baignait ses yeux mi-clos d'une ombre charmante. Parfois elle levait la tête et je voyais sa bouche entr'ouverte. Il y avait tant d'expression dans sa beauté qu'elle ne pouvait respirer sans avoir l'air de soupirer et ses attitudes les plus ordinaires me plongeaient dans une rêverie profonde. En la contemplant, je convenais avec M. de Lessay que Jupiter avait régné despotiquement sur les régions montueuses de la Thessalie et qu'Orphée fut imprudent en confiant au clergé l'enseignement de la philosophie. Je ne sais pas encore aujourd'hui si j'étais un lâche ou un héros quand j'accordais cela à l'entêté vieillard

» Mademoiselle de Lessay, je dois le dire, ne me prêtait pas grande attention. Cette indifférence me semblait si juste et si naturelle que je ne songeais pas à m'en plaindre, j'en souffrais, mais c'était sans le savoir. J'espérais nous n'en étions encore qu'au premier empire d'Assyrie.

» M. de Lessay venait chaque soir prendre le café avec mon père. Je ne sais comment ils s'étaient liés, car il est rare de rencontrer deux natures aussi complètement différentes. Mon père admirait peu et pardonnait beaucoup Avec l'âge il avait pris en haine toutes les exagérations. Il revêtait ses idées de mille nuances fines et n'épousait jamais une opinion qu'avec toutes sortes de réserves. Ces habitudes d'un esprit délicat faisaient bondir le vieux gentilhomme sec et cassant que la modération d'un adversaire ne désarmait jamais, bien au contraire! Je flairais un danger. Ce danger était Bonaparte. Mon père n'avait gardé aucune tendresse pour lui, mais ayant travaillé sous ses ordres, il n'aimait pas à l'entendre injurier, surtout au profit des Bourbons contre lesquels il avait des griefs sanglants. M. de Lessay, plus voltairien et plus légitimiste que jamais, faisait remonter à Bonaparte l'origine de tout mal politique, social et religieux. En cet état de choses, le capitaine

ELLE TENAIT LE PINCEAU A DEUX DOIGTS.

Victor m'inquiétait par dessus tout. Cet oncle terrible était devenu parfaitement intolérable depuis que sa sœur n'était plus là pour le calmer. La harpe de David était brisée et Saül se livrait à ses fureurs. La chute de Charles X augmenta l'audace du vieux napoléonien qui fit toutes les bravades imaginables. Il ne fréquentait plus avec assiduité notre maison trop silencieuse pour lui. Mais parfois, à l'heure

LA CUISINIÈRE QU'IL PRIT PAR LA TAILLE.

du dîner, nous le voyions apparaître couvert de fleurs, comme un mausolée. Communément, il se mettait à table en jurant du fond de sa gorge, vantait, entre les bouchées, ses bonnes fortunes de vieux brave. Puis, le dîner fini, il pliait sa serviette en bonnet d'évêque, avalait un demi-carafon d'eau-de-vie et s'en allait avec la hâte d'un homme épouvanté à l'idée de passer sans boire un temps quelconque en tête à tête avec un vieux philosophe et un jeune savant. Je sentais bien que, s'il rencontrait un jour M. de Lessay, tout serait perdu. Ce jour arriva, madame!

» Le capitaine disparaissait cette fois sous les fleurs et ressemblait si bien à un monument commémoratif des gloires de l'Empire qu'on avait envie de lui passer une couronne d'immortelles à chaque bras. Il était extraordinairement satisfait et la première personne qui bénéficia de cette heureuse disposition fut la cuisinière qu'il prit par la taille au moment où elle posait le rôti sur la table.

» Après le dîner, il repoussa le carafon qu'on lui présenta en disant qu'il ferait flamber tout à l'heure l'eau-de-vie dans son café. Je lui demandai en tremblant s'il n'aimerait pas mieux qu'on lui servît son café tout de suite. Il était fort défiant et point sot, mon oncle Victor. Ma précipitation lui parut de mauvais aloi, car il me regarda d'un certain air et me dit :

» — Patience! mon neveu. Ce n'est pas à l'enfant de troupe à sonner la retraite, que diable! Vous êtes donc bien pressé, monsieur le magister, de voir si j'ai des éperons à mes bottes.

» Il était clair que le capitaine avait deviné que je souhaitais son prompt départ. Le connaissant, j'eus la certitude qu'il resterait. Il resta. Les moindres circonstances de cette soirée demeurent empreintes dans ma mémoire. Mon oncle était tout à fait jovial. La seule pensée d'être importun le gardait en belle humeur. Il nous conta dans un excellent style de caserne, ma foi, certaine histoire d'une religieuse, d'un trompette et de cinq bouteilles de chambertin qui doit être fort goûtée dans les garnisons et que je n'essayerais pas de vous conter, madame, même si je me la rappelais. Quand nous passâmes dans le salon, il nous signala le mauvais état de nos chenets et nous enseigna doctement l'emploi du tripoli pour le polissage des cuivres. De politique, pas un mot. Il se ménageait. Huit coups sonnèrent dans les ruines de Carthage. C'était l'heure de M. de Lessay. Quelques minutes après il entra dans le salon avec sa fille. Le train ordinaire des soirées commença. Clémentine se mit à broder près de la lampe dont l'abat-jour laissait sa jolie tête dans une ombre légère et ramenait sur ses doigts une clarté qui les rendait presque lumineux. M. de Lessay parla d'une comète annoncée par les astronomes et développa à cette occasion des théories qui, si hasardeuses qu'elles fussent, témoignaient de quelque culture intellectuelle. Mon père, qui avait des connaissances en astronomie, exprima de saines idées, qu'il termina par son éternel : « Que sais-je, enfin? » Je produisis à mon tour l'opinion de notre voisin de l'Observatoire, le grand Arago. L'oncle Victor affirma que les comètes ont une influence sur la qualité des vins et cita à l'appui une joyeuse histoire de cabaret. J'étais si content de cette conversation que je m'efforçai de la maintenir, à l'aide de mes plus fraîches lectures, par un long exposé de la constitution chimique de ces astres légers qui, répandus dans les espaces célestes sur des milliards de lieues, tiendraient dans une bouteille. Mon père, un peu surpris de mon éloquence, me regardait avec sa placide ironie. Mais on ne peut rester toujours dans les cieux. Je parlai, en regardant Clémentine, d'une comète de diamants que j'avais admirée la veille à la montre d'un joaillier. Je fus bien mal inspiré.

» — Mon neveu, s'écria le capitaine Victor, ta comète ne valait pas celle qui brillait dans les cheveux de l'impératrice Joséphine quand elle vint à Strasbourg distribuer des croix à l'armée.

» — Cette petite Joséphine aimait grandement la parure, reprit M. de Lessay, entre deux gorgées de café. Je ne l'en blâme pas; elle avait du bon, quoiqu'un peu légère. C'était une Tascher et elle fit grand honneur à Buonaparte en l'épousant. Une Tascher ce n'est pas beaucoup dire, mais un Buonaparte ce n'est rien dire du tout.

» — Qu'entendez-vous par là, monsieur le marquis? demanda le capitaine Victor.

» — Je ne suis pas marquis, répondit sèchement M. de Lessay, et j'entends que Buonaparte eût été fort bien apparié en épousant une de ces femmes cannibales que le capitaine Cook décrit dans ses voyages, nues, tatouées, un anneau dans les narines et dévorant avec délices des membres humains putréfiés.

» Je l'avais prévu, pensai-je, et dans mon angoisse (ô pauvre cœur humain !) ma d'étoiles, elle est couronnée de lauriers; la croix d'honneur brille sur sa poitrine, elle se nomme la Gloire.

» M. de Lessay posa sa tasse sur la cheminée et dit tranquillement :

IL L'AURAIT ÉTRANGLÉ SANS SA FILLE ET SANS MOI.

première idée fut de remarquer la justesse de mes prévisions. Je dois dire que la réponse du capitaine fut du genre sublime. Il se campa le poing sur la hanche, toisa dédaigneusement M. de Lessay et dit :

» — Napoléon, monsieur le vidame, eut une autre femme que Joséphine et que Marie-Louise. Cette compagne, vous ne la connaissez pas et moi je l'ai vue de près, elle porte un manteau d'azur constellé

» — Votre Buonaparte était un polisson.

» Mon père se leva avec nonchalance, étendit lentement le bras et dit d'une voix très douce à M. de Lessay :

» — Quel qu'ait été l'homme qui est mort à Sainte Hélène, j'ai travaillé dix ans dans son gouvernement et mon beau-frère fut blessé trois fois sous ses aigles. Je vous supplie, monsieur et ami, de ne plus l'oublier à l'avenir.

» Ce que n'avaient pas fait les insolences sublimes et burlesques du capitaine la remontrance courtoise de mon père jeta M. de Lessay dans une colère furieuse.

» — Je l'oublais, s'écria-t-il, blême, les dents serrées, l'écume à la bouche, j'avais tort. La caque sent toujours le hareng et quand on a servi des coquins...

» A ce mot, le capitaine lui sauta à la gorge. Il l'aurait, je crois, étranglé sans sa fille et sans moi.

» Mon père, les bras croisés, un peu plus pâle qu'à l'ordinaire, regardait ce spectacle avec une indicible expression de pitié. Ce qui suivit fut plus lamentable encore, mais à quoi bon insister sur la folie de deux vieillards? Enfin, je parvins à les séparer. M. de Lessay fit un signe à sa fille et sortit. Comme elle le suivait, je courus après elle dans l'escalier.

» — Mademoiselle, lui dis-je, éperdu, en lui prenant la main, je vous aime! je vous aime!

» Elle garda une seconde ma main dans la sienne; sa bouche s'entr'ouvrit. Qu'allait-elle dire? Mais tout à coup, levant les yeux vers son père qui montait l'étage, elle retira sa main et me fit un geste d'adieu.

» Je ne l'ai pas revue depuis. Son père alla se loger du côté du Panthéon dans un appartement qu'il avait loué pour la vente de son atlas historique. Il y mourut, peu de mois après, d'une attaque d'apoplexie. Sa fille se retira à Nevers dans sa famille maternelle. C'est à Nevers qu'elle épousa le fils d'un riche paysan, Achille Allier.

» Quant à moi, madame, je vécus seul en paix avec moi-même : mon existence, exempte de grands maux et de grandes joies, fut assez heureuse. Mais je n'ai pu de longtemps voir dans les soirées d'hiver un fauteuil vide auprès du mien, sans que mon cœur ne se serrât douloureusement. Clémentine est morte depuis longtemps. Sa fille l'a suivie dans l'éternel repos. J'ai vu chez vous sa petite-fille. Je ne dirai pas encore comme le vieillard de l'Écriture : « Et maintenant, rappelez à vous votre serviteur, Seigneur. » Si un bonhomme comme moi peut être utile à quelqu'un, c'est à cette orpheline que je veux, avec votre aide, consacrer mes dernières forces. »

J'avais prononcé ces derniers mots dans le vestibule de l'appartement de madame de Gabry, et j'allais me séparer de cette aimable guide, quand elle me dit :

— Cher monsieur, je ne puis vous aider en cela autant que je voudrais. Jeanne est orpheline et mineure. Vous ne pouvez rien faire pour elle sans l'autorisation de son tuteur.

— Ah! m'écriai-je, je n'avais pas songé le moins du monde que Jeanne eût un tuteur.

Madame de Gabry me regarda avec quelque surprise. Elle n'attendait pas d'un vieillard tant de simplicité.

Elle reprit :

— Le tuteur de Jeanne Alexandre est maître Mouche, notaire à Levallois-Perret. Je crains que vous ne vous entendiez pas bien avec lui, car c'est un homme sérieux.

— Eh! bon Dieu! m'écriai-je, avec qui donc voulez-vous que je m'entende à mon âge, si ce n'est avec les personnes sérieuses?

Elle sourit avec une douce malice, comme souriait mon père, et dit :

— Avec ceux qui vous ressemblent. Monsieur Mouche n'est pas précisément de ceux-là : il ne m'inspire aucune confiance. Il faudra que vous lui demandiez l'autorisation d'aller voir Jeanne, qu'il a mise dans un pensionnat des Ternes où elle n'est pas heureuse.

Je baisai les mains de madame de Gabry et nous nous séparâmes.

Du 2 au 5 mai.

Je l'ai vu dans son étude, maître Mouche, le tuteur de Jeanne. Petit, maigre et sec, son teint semble fait de la poussière de ses paperasses. C'est un animal lunetté, car on ne peut l'imaginer sans ses lunettes. Je l'ai entendu, maître Mouche; il a une voix de crécelle et il parle en termes choisis, mais j'eusse préféré qu'il ne choisît pas du tout ses termes. Je l'ai observé, maître Mouche; il est cérémonieux et guette son monde du coin de l'œil, sous ses lunettes.

Maître Mouche est heureux, m'a-t-il dit; il est ravi de l'intérêt que je porte à sa pupille. Mais il ne croit pas qu'on soit sur la terre pour s'amuser. Non, il ne le croit pas, et je dirai, pour être juste, qu'on est de son avis quand on est près de lui, tant il est peu récréatif. Il craindrait qu'on donnât une idée fausse et pernicieuse de la vie à sa chère pupille en lui procurant est en règle de voir le premier jeudi de chaque mois mademoiselle Jeanne Alexan-

JE L'AI VU DANS SON ÉTUDE, MAÎTRE MOUCHE.

trop de plaisirs. C'est pourquoi, me dit-il, il a supplié madame de Gabry de ne prendre que très rarement cette jeune fille chez elle

Je quittai le poudreux tabellion et sa poudreuse étude, avec une autorisation en règle (tout ce qui vient de maître Mouche dre chez mademoiselle Préfère, institutrice, rue Demours, aux Ternes.

Le premier jeudi de mai, je me rendis chez mademoiselle Préfère dont l'établissement me fut signalé d'assez loin par une enseigne en lettres bleues Ce bleu me fut un premier indice du caractère de mademoiselle Virginie Préfère, lequel j'eus depuis l'occasion d'étudier amplement. Une servante effarée prit ma carte et m'abandonna sans un mot d'espoir dans un froid parloir où je respirai cette odeur fade particulière aux réfectoires des maisons d'éducation. Le plancher de ce parloir avait été ciré avec une si impitoyable énergie, que je pensai rester en détresse sur le seuil. Mais, ayant heureusement remarqué des petits carrés de laine semés sur le parquet devant les chaises de crin, je parvins, en mettant successivement le pied sur chacun de ces îlots de tapisserie, à m'avancer jusqu'à l'angle de la cheminée où je m'assis essoufflé.

Il y avait sur cette cheminée, dans un grand cadre doré, un écriteau qui s'intitulait, en gothique flamboyant : Tableau d'honneur, et qui contenait un très grand nombre de noms, parmi lesquels je n'eus pas le plaisir de trouver celui de Jeanne Alexandre. Après avoir lu plusieurs fois ceux des élèves qui s'étaient honorées aux yeux de mademoiselle Préfère, je m'inquiétai de ne rien entendre venir. Mademoiselle Préfère aurait certainement réussi à établir sur ses domaines pédagogiques le silence absolu des espaces célestes, si les moineaux n'avaient choisi sa cour pour y venir en essaims innombrables piailler à-bec que-veux-tu. C'était plaisir de les entendre. Mais de les voir, le moyen, je vous prie, à travers les vitres dépolies ? Il fallut me contenter du spectacle qu'offrait le parloir décoré du haut en bas, sur les quatre murs, des dessins exécutés par les pensionnaires de l'établissement. Il y avait là des vestales, des fleurs, des chaumières, des chapiteaux, des volutes et une énorme tête de Tatius, roi des Sabins, signée Estelle Mouton.

J'admirais depuis assez longtemps l'énergie avec laquelle mademoiselle Mouton avait accusé les sourcils en broussailles et les yeux irrités du guerrier antique, quand un bruit plus léger que celui d'une feuille morte qui glisse au vent me fit tourner la tête. En effet, ce n'était pas une feuille morte : c'était mademoiselle Préfère. Les mains jointes, elle avançait sur le miroir du parquet comme les saintes de la *Légende dorée* sur le cristal des eaux. Mais en toute autre occasion mademoiselle Préfère ne m'aurait pas fait songer, je crois, aux vierges chères à la pensée mystique. A ne considérer que son visage, elle m'aurait plutôt rappelé une pomme rainette conservée pendant l'hiver dans le grenier d'une sage ménagère. Elle avait sur les épaules une pèlerine à franges qui n'offrait par elle-même rien de considérable, mais qu'elle portait comme si c'eût été un vêtement sacerdotal ou l'insigne d'une haute magistrature.

Je lui expliquai le but de ma visite et lui remis ma lettre d'introduction.

— Vous avez vu monsieur Mouche, me dit-elle. Sa santé est-elle aussi bonne que possible ? C'est un homme si honnête, si...

Elle n'acheva pas et ses regards s'élevèrent au plafond. Les miens les y suivirent et rencontrèrent une petite spirale en dentelle de papier, qui, suspendue à la place d'un lustre, était destinée, selon mes conjectures, à attirer les mouches et à les détourner, par conséquent, des cadres dorés des glaces et du tableau d'honneur.

— J'ai rencontré, dis-je, mademoiselle Alexandre chez madame de Gabry et j'ai pu apprécier l'excellent caractère et la vive intelligence de cette jeune fille. Ayant autrefois connu ses grands-parents, je me sens enclin à reporter sur elle l'intérêt qu'ils m'inspiraient.

Pour toute réponse, mademoiselle Préfère soupira profondément, pressa sur son cœur sa mystérieuse pèlerine et contempla de nouveau la petite spirale de papier.

Enfin elle me dit :

— Monsieur, puisque vous avez connu monsieur et madame Noël Alexandre j'aime à croire que vous avez déploré comme monsieur Mouche et comme moi, les folles spéculations qui les ont conduits à la ruine et ont réduit leur fille à la misère.

Je songeai, en entendant ces paroles, que c'est un grand tort que d'être malheureux et que ce tort est impardonnable à ceux qui furent longtemps dignes d'envie. Leur chute nous venge et nous flatte, et nous sommes impitoyables.

Après avoir déclaré en toute franchise que j'étais tout à fait étranger aux affaires de finance, je demandai à la maîtresse de pension si elle était contente de mademoiselle Alexandre.

— Cette enfant est indomptable, s'écria mademoiselle Préfère.

Et elle prit une attitude de haute école pour exprimer symboliquement la situation que lui créait une élève si difficile à dresser. Puis, revenue à des sentiments plus calmes.

— Cette jeune personne, dit-elle, n'est pas sans intelligence. Mais elle ne peut se résoudre à apprendre les choses par principes.

Quelle étrange demoiselle que la demoiselle Préfère ! Elle marchait sans lever les jambes et parlait sans remuer les lèvres. Sans m'arrêter plus que de raison à ces particularités, je lui répondis que les principes étaient sans doute quelque chose d'excellent et que je m'en rapportais sur ce point à ses lumières, mais qu'enfin, quand on savait une chose, il était indifférent qu'on l'eût apprise d'une façon ou d'une autre.

Mademoiselle Préfère fit lentement un signe de dénégation. Puis en soupirant :

— Ah! monsieur, dit-elle; les personnes étrangères à l'éducation s'en font des idées bien fausses. Je suis certaine qu'elles parlent dans les meilleures intentions du monde, mais elles feraient mieux, beaucoup mieux de s'en rapporter aux personnes compétentes.

Je n'insistai pas et lui demandai si je pourrais voir sans tarder mademoiselle Alexandre.

UNE SERVANTE EFFARÉE PRIT MA CARTE.

Elle contempla sa pèlerine, comme pour lire dans l'emmêlement des franges, ainsi qu'en un grimoire, la réponse qu'elle devait rendre, et dit enfin :

— Mademoiselle Alexandre a une répétition à donner. Ici les grandes enseignent les petites. C'est ce qu'on appelle l'enseignement mutuel... Mais je serais désolée que vous vous fussiez dérangé inutilement. Je vais la faire appeler. Permettez-moi seulement, monsieur, pour plus de régularité, d'inscrire votre nom sur le registre des visiteurs.

Elle s'assit devant la table, ouvrit un gros cahier et, tirant de dessous sa pèlerine la lettre de maître Mouche qu'elle y avait glissée :

— Bonnard par un *d*, n'est-ce pas? me dit-elle en écrivant; excusez-moi d'insister sur ce détail. Mais mon opinion est que les noms propres ont une orthographe. Ici, monsieur, on fait des dictées de noms propres... de noms historiques, bien entendu!

Ayant inscrit mon nom d'une main déliée, elle me demanda si elle ne pourrait pas le faire suivre d'une qualité quelconque, telle qu'ancien négociant, employé, rentier, ou toute autre. Il y avait dans son registre une colonne pour les qualités.

— Mon Dieu! madame, lui dis-je, si vous tenez absolument à remplir votre colonne, mettez : membre de l'Institut.

C'était bien la pèlerine de mademoiselle Préfère que je voyais devant moi; mais ce n'était plus mademoiselle Préfère qui en était revêtue; c'était une nouvelle personne, avenante, gracieuse, câline, heureuse, radieuse, celle-là. Ses yeux souriaient, les petites rides de son visage (le nombre en est grand!) souriaient; sa bouche aussi souriait, mais d'un seul côté. Elle parla; sa voix allait à son air, c'était une voix de miel :

— Vous disiez donc, monsieur, que cette chère Jeanne est très intelligente. J'ai fait de mon côté la même observation et je suis fière de m'être rencontrée avec vous. Cette jeune fille m'inspire en vérité beaucoup d'intérêt. Bien qu'un peu vive, elle a ce que j'appelle un heureux caractère. Mais pardonnez-moi d'abuser de vos précieux moments

Elle appela la servante qui se montra plus empressée et plus effarée que devant et qui disparut sur l'ordre d'avertir mademoiselle Alexandre que M. Sylvestre Bonnard, membre de l'Institut, l'attendait au parloir.

Mademoiselle Préfère n'eut que le temps

de me confier qu'elle avait un profond respect pour les décisions de l'Institut quelles qu'elles fussent, et Jeanne parut, essoufflée, rouge comme une pivoine, les yeux grands ouverts, les bras ballants, charmante dans sa gaucherie naïve

— Comme vous êtes faite, ma chère enfant! murmura mademoiselle Préfère, avec une douceur maternelle, en lui arrangeant son col

Jeanne était faite, il est vrai, d'une bien étrange façon Ses cheveux, tirés en arrière et pris dans un filet duquel ils s'échappaient par mèches, ses bras maigres enfermés jusqu'au coude dans des manches de lustrine, ses mains rouges d'engelures et dont elle semblait fort embarrassée, sa robe trop courte qui laissait voir des bas trop larges et des bottines éculées, une corde à sauter passée comme une ceinture autour de sa taille, tout cela faisait de Jeanne une demoiselle peu présentable.

— Petite folle! soupira mademoiselle Préfère qui cette fois semblait, non plus une mère, mais une sœur aînée.

Puis, elle s'échappa en glissant comme une ombre sur le miroir du plancher

Je dis à Jeanne

— Asseyez-vous, Jeanne, et parlez-moi comme à un ami. Ne vous plaisez-vous pas ici?

Elle hésita, puis me répondit avec un sourire résigné :

— Pas beaucoup

Elle tenait dans ses mains les deux bouts de sa corde et se taisait

Je lui demandai si, grande comme elle était, elle sautait encore à la corde.

— Oh! non, monsieur, me répondit-elle vivement. Quand la bonne m'a dit qu'un monsieur m'attendait au parloir, je faisais sauter les petites. Alors j'ai noué la corde autour de ma taille pour ne pas la perdre Ce n'était pas convenable Je vous prie de m'excuser. Mais j'ai si peu l'habitude de recevoir des visites!

— Juste ciel! pourquoi serais-je offensé de votre cordelière? Les Clarisses portaient une corde à la ceinture, et c'étaient de saintes filles

— Vous êtes bien bon, monsieur, me dit-elle, d'être venu me voir et de me parler, comme vous me parlez. Je n'ai pas pensé à vous remercier quand je suis entrée, parce que j'étais trop surprise. Avez-vous vu madame de Gabry? Parlez-moi d'elle, voulez-vous, monsieur?

— Madame de Gabry, répondis-je, va bien. Elle est dans sa belle terre de Lusance. Je vous dirai d'elle, Jeanne, ce qu'un vieux jardinier disait de la châtelaine, sa maîtresse, quand on s'inquétait d'elle à lui : « Madame est dans son chemin. » Oui, madame de Gabry est dans son chemin; vous savez, Jeanne, comme ce chemin est bon et de quel pas égal elle y marche L'autre jour, avant qu'elle partît pour Lusance, je suis allé avec elle loin, bien loin, et nous avons parlé de vous. Nous avons parlé de vous, mon enfant, sur la tombe de votre mère.

— Je suis bien heureuse, me dit Jeanne.

Et elle se mit à pleurer

C'est avec respect que je laissai couler ces larmes d'une jeune fille. Puis, tandis qu'elle s'essuyait les yeux, je la priai de me dire quelle était sa vie dans cette maison.

Elle m'apprit qu'elle était à la fois élève et maîtresse.

— On vous commande et vous commandez. Cet état de choses est fréquent dans le monde. Endurez-le, mon enfant.

Mais elle me fit comprendre qu'elle n'était pas enseignée et qu'elle n'enseignait pas, qu'elle était chargée d'habiller les enfants de la petite classe, de les laver, de leur apprendre la bienséance, l'alphabet, l'usage de l'aiguille, de les faire jouer et de les coucher, la prière dite

— Ah! m'écriai-je, c'est cela que mademoiselle Préfère nomme l'enseignement mutuel. Je ne puis vous le cacher, Jeanne, mademoiselle Préfère ne me plaît pas tout à fait et je ne la crois pas aussi bonne que je voudrais.

— Oh! me répondit Jeanne, elle est comme la plupart des gens. Elle est bonne avec les gens qu'elle aime et elle n'est pas bonne avec les gens qu'elle n'aime pas. Mais voilà! je crois qu'elle ne m'aime pas beaucoup

— Et monsieur Mouche? Jeanne, que faut-il penser de monsieur Mouche?

Elle me répondit vivement :

— Monsieur, je vous supplie de ne pas me parler de monsieur Mouche. Je vous en supplie.

Je cédai à cette prière ardente et presque farouche et changeai de propos.

— Jeanne, modelez-vous ici des figures de cire? Je n'ai pas oublié la fée qui me surprit si fort à Lusance.

— Je n'ai pas de cire, me répondit-elle en laissant tomber ses bras.

— Pas de cire, m'écriai-je, dans une république d'abeilles! Jeanne, je vous apporterai des cires colorées et lucides comme des joyaux

— Je vous remercie, monsieur, mais ne le faites pas. Je n'ai pas le temps ici de travailler à mes poupées de cire. Pourtant j'avais commencé un petit saint Georges pour madame de Fabry, un tout petit saint Georges avec une cuirasse dorée. Mais les petites filles ont compris que c'était une poupée, elles ont joué avec et l'ont mis en pièces.

Elle tira de la poche de son tablier une figurine dont les membres disloqués étaient rete-

MADEMOISELLE PRÉFÈRE ÉTAIT DEBOUT À LA PORTE DU PARLOIR.

nus à peine par leur âme de fil de fer. A cette vue elle fut prise de tristesse et de gaieté: la gaieté l'emporta et elle sourit, d'un sourire qui s'arrêta brusquement.

Mademoiselle Préfère était debout, amène, à la porte du parloir.

— Cette chère enfant! soupira la maîtresse de pension de sa voix la plus tendre Je crains qu'elle ne vous fatigue. D'ailleurs, vos moments sont précieux

Je la priai de perdre cette illusion et, me levant pour prendre congé, je tirai de mes poches quelques tablettes de chocolat et autres douceurs que j'avais apportées.

— Oh! monsieur, s'écria Jeanne, il y en a pour toute la pension.

La dame à la pèlerine intervint :

— Mademoiselle Alexandre, dit-elle, remerciez monsieur de sa générosité.

Jeanne la regarda d'un air assez farouche; puis, se tournant vers moi :

— Je vous remercie, monsieur, de ces friandises et je vous remercie surtout de la bonté que vous avez eue de venir me voir.

— Jeanne, lui dis-je en lui serrant les deux mains, restez une bonne et courageuse enfant. Au revoir.

En se retirant avec ses paquets de chocolat et de pâtisseries, il lui arriva de faire claquer les poignées de sa corde contre le dossier d'une chaise. Mademoiselle Préfère indignée pressa son cœur à deux mains sous sa pèlerine et je m'attendis à voir s'évanouir son âme scolastique.

Quand nous fûmes seuls, elle reprit sa sérénité, et je dois dire, sans me flatter, qu'elle me sourit de tout un côté du visage.

— Mademoiselle, lui dis-je, profitant de ses bonnes dispositions, j'ai remarqué que Jeanne Alexandre était un peu pâle. Vous savez mieux que moi combien l'âge indécis où elle est exige de ménagements et de soins. Je vous offenserais en la recommandant plus instamment à votre vigilance.

Ces paroles semblèrent la ravir. Elle contempla avec un air d'extase la petite spirale du plafond et s'écria en joignant les mains :

— Comme ces hommes éminents savent descendre jusque dans les plus infimes détails!

Je lui fis observer que la santé d'une jeune fille n'était pas un infime détail, et j'eus l'honneur de la saluer. Mais elle m'arrêta sur le seuil et me dit en confidence :

— Excusez ma faiblesse, monsieur. Je suis femme et j'aime la gloire. Je ne puis vous cacher que je me sens honorée par la présence d'un membre de l'Institut dans ma modeste institution.

J'excusai la faiblesse de mademoiselle Préfère et, songeant à Jeanne avec l'aveuglement de l'égoïsme, je me dis le long du chemin :

— Que ferons-nous de cette enfant?

2 juin.

J'avais conduit ce jour-là jusqu'au cimetière de Marnes un vieux collègue de grand âge qui, selon la pensée de Gœthe, avait consenti à mourir. Le grand Gœthe, dont la puissance vitale était extraordinaire, croyait en effet qu'on ne meurt que quand on le veut bien, c'est-à-dire quand toutes les énergies qui résistent à la décomposition finale, et dont l'ensemble fait la vie même, sont détruites jusqu'à la dernière. En d'autres termes, il pensait qu'on ne meurt que quand on ne peut plus vivre. A la bonne heure! il ne s'agit que de s'entendre et la magnifique pensée de Gœthe se ramène, quand on sait la prendre, à la chanson de La Palisse.

Donc, mon excellent collègue avait consenti à mourir, grâce à deux ou trois attaques d'apoplexie des plus persuasives et dont la dernière fut sans réplique. Je l'avais peu pratiqué de son vivant, mais il paraît que je devins son ami dès qu'il ne fut plus, car nos collègues me dirent d'un ton grave, avec un visage pénétré, que je devais tenir un des cordons du poêle et parler sur la tombe.

Après avoir lu fort mal un petit discours que j'avais écrit de mon mieux, ce qui n'est pas beaucoup dire, j'allai me promener dans les bois de Ville-d'Avray et suivis, sans trop peser sur la canne du capitaine, un sentier couvert sur lequel le jour tombait en disques d'or. Jamais l'odeur de l'herbe et des feuilles humides, jamais la beauté du ciel et la sérénité puissante des arbres n'avaient pénétré si avant mes sens et toute mon âme, et l'oppression que je ressentais dans ce silence traversé d'une sorte de tintement continu était à la fois sensuelle et religieuse.

Je m'assis à l'ombre du chemin sous un bouquet de jeunes chênes. Et là, je me promis de ne point mourir, ou du moins de ne point consentir à mourir, avant de m'être assis de nouveau sous un chêne où, dans la paix d'une large campagne, je songerais à la nature de l'âme et aux fins dernières de l'homme. Une abeille, dont le corsage brun brillait au soleil comme une armure de vieil or, vint se poser sur une fleur de mauve d'une sombre richesse et bien ouverte sur sa tige touffue. Ce n'était certainement pas la première fois que je voyais un spectacle si commun, mais c'était la première que je le voyais avec une curiosité si affectueuse et si intelligente. Je reconnus qu'il y avait entre l'insecte et la fleur toutes sortes de sympathies et mille rapports ingénieux que je n'avais pas soupçonnés jusque-là.

JEANNE, RESTEZ UNE BONNE ET COURAGEUSE ENFANT.

L'insecte, rassasié de nectar, s'élança en ligne hardie. Je me relevai du mieux que je pus, et me rajustai sur mes jambes.

— Adieu, dis-je à la fleur et à l'abeille. Adieu. Puissé-je vivre encore le temps de deviner le secret de vos harmonies. Je suis bien fatigué. Mais l'homme est ainsi fait qu'il ne se délasse d'un travail que par un autre. Ce sont les fleurs et les insectes qui me reposeront, si Dieu le veut, de la philologie et de la diplomatique. Combien le vieux mythe d'Antée est plein de sens! J'ai touché la terre et je suis un nouvel homme, et voici qu'à soixante-dix ans de nouvelles curiosités naissent dans mon âme comme on voit des rejetons s'élancer du tronc creux d'un vieux saule.

4 juin.

J'aime à regarder de ma fenêtre la Seine et ses quais par ces matins d'un gris tendre qui donnent aux choses une douceur infinie. J'ai contemplé le ciel d'azur qui répand sur la baie de Naples sa sérénité lumineuse. Mais notre ciel de Paris est plus animé, plus bienveillant et plus spirituel. Il sourit, menace, caresse, s'attriste et s'égaie comme un regard humain. Il verse en ce moment une molle clarté sur les hommes et les bêtes de la ville, qui accomplissent leur tâche quotidienne. Là-bas, sur l'autre berge, les forts du port Saint-Nicolas déchargent des cargaisons de cornes de bœuf, et des coltineurs posés sur une passerelle volante font sauter lestement, de bras en bras, des pains de sucre jusque dans la cale du bateau à vapeur. Sur le quai du nord, les chevaux de fiacre, alignés à l'ombre des platanes, la tête dans leur musette, mâchent tranquillement leur avoine, tandis que les cochers rubiconds vident leur verre devant le comptoir du marchand de vin, en guettant du coin de l'œil le bourgeois matinal.

Les bouquinistes déposent leurs boîtes sur le parapet. Ces braves marchands d'esprit, qui vivent sans cesse dehors, la blouse au vent, sont si bien travaillés par l'air, les pluies, les gelées, les neiges, les brouillards et le grand soleil, qu'ils finissent par ressembler aux vieilles statues des cathédrales. Ils sont tous mes amis et je ne passe guère devant leurs boîtes sans en tirer quelque bouquin qui me manquait jusque-là, sans que j'eusse le moindre soupçon qu'il me manquât.

A mon retour au logis, ce sont les cris de ma gouvernante, qui m'accuse de crever toutes mes poches et d'emplir la maison de vieux papiers qui attirent les rats. Thérèse est sage en cela, et c'est justement parce qu'elle est sage que je ne l'écoute pas; car, malgré ma mine tranquille, j'ai toujours préféré la folie des passions à la sagesse de l'indifférence. Mais, parce que mes passions ne sont point de celles qui éclatent, dévastent et tuent, le vulgaire ne les voit pas. Elles m'agitent pourtant, et il m'est arrivé plus d'une fois de perdre le sommeil pour quelques pages écrites par un moine oublié ou imprimées par un humble apprenti de Pierre Schœffer. Et si ces belles ardeurs s'éteignent en moi, c'est que je m'éteins lentement moi-même. Nos passions, c'est nous. Mes bouquins, c'est moi. Je suis vieux et racorni comme eux.

CES BRAVES MARCHANDS D'ESPRIT.

Un vent léger balaye avec la poussière de la chaussée les graines ailées des platanes et les brins de foin échappés à la bouche des chevaux. Ce n'est rien que cette poussière, mais en la voyant s'envoler, je me rappelle que dans mon enfance je regardais tourbillonner une poussière pareille, et mon âme de vieux Parisien en est émue. Tout ce que je découvre de ma fenêtre, cet horizon qui s'étend à ma gauche jusqu'aux collines de Chaillot et qui me laisse apercevoir l'Arc de Triomphe comme un dé de pierre, la Seine, fleuve de gloire, et ses ponts, les tilleuls de la terrasse des Tuileries, le Louvre de la Renaissance, ciselé comme un joyau, à ma droite, du côté du Pont-Neuf, *pons Lutetiæ Novus dictus*, comme on lit sur les anciennes estampes, le vieux et vénérable Paris avec ses tours et ses flèches, tout cela c'est ma vie, c'est moi-même, et je ne serais rien sans ces choses qui se reflètent en moi avec les mille nuances de ma pensée et m'inspirent et m'animent. C'est pourquoi j'aime Paris d'un immense amour.

Et pourtant je suis las, et je sens qu'on ne peut se reposer au sein de cette ville qui pense tant, qui m'a appris à penser et qui m'invite sans cesse à penser. Comment n'être point agité au milieu de ces livres qui sollicitent sans cesse ma curiosité et la fatiguent sans la satisfaire? Tantôt, c'est une date qu'il faut chercher, tantôt un lieu qu'il importe de déterminer précisément ou quelque vieux terme dont il est intéressant de connaître le vrai sens. Des mots? — Eh! oui, des mots. Philologue, je suis leur souverain, ils sont mes sujets, et je leur donne, en bon roi, ma vie entière. Ne pourrais-je abdiquer un jour? Je devine qu'il y a quelque part, loin d'ici, à l'orée d'un bois, une maisonnette où je trouverais le calme dont j'ai besoin, en attendant qu'un plus grand calme, irrévocable celui-là, m'enveloppe

JE NE PASSE GUÈRE DEVANT LEURS BOITES.

tout entier. Je rêve un banc sur le seuil et des champs à perte de vue. Mais il faudrait qu'un frais visage sourît près de moi pour refléter et concentrer toute cette fraîcheur; je me croirais grand-père et tout le vide de ma vie serait comblé.

Je ne suis point un homme violent et pourtant je m'irrite aisément et tous mes ouvrages m'ont causé autant de chagrins que de plaisirs. Je ne sais comment il se fit que je songeai alors à la très vaine et très négligeable impertinence que se permit, à mon égard, voilà trois mois, mon jeune ami du Luxembourg. Je ne lui donne pas par ironie ce nom d'ami, car j'aime la jeunesse studieuse avec ses témérités et ses écarts d'esprit. Toutefois mon jeune ami passa les bornes. Maître Ambroise Paré, qui procéda le premier à la ligature des artères et qui, ayant trouvé la chirurgie exercée par des barbiers empiriques, l'éleva à la hauteur où elle est aujourd'hui, fut attaqué dans sa vieillesse par tous les apprentis porte-lancette. Pris à partie en termes injurieux par un jeune étourdi, qui pouvait être le meilleur fils du monde mais qui n'avait pas le sentiment du respect, le vieux maître lui répondit dans son traité *de la Mumie, de la Licorne, des Venins et de la Peste.* « Je le prie, lui dit le grand homme, je le prie, s'il a envie d'opposer quelques contredits à ma réplique, qu'il quitte les animosités et qu'il traite plus doucement le bon vieillard. » Cette réponse est admirable sous la plume d'Ambroise Paré; mais, vînt-elle d'un rebouteux de village, blanchi dans le travail et moqué par un jouvenceau, elle serait louable encore.

On croira peut-être que ce souvenir n'était que l'éveil d'une basse rancune. Je le crus aussi et je m'accusai de m'attacher misérablement aux propos d'un enfant qui ne sait ce qu'il dit. Par bonheur, mes réflexions à ce sujet prirent ensuite un meilleur cours; c'est pourquoi je les note sur mon cahier. Je me rappelai qu'un beau jour de ma vingtième année (il y a de cela plus d'un demi-siècle), je me promenais dans ce même jardin du Luxembourg avec quelques camarades. Nous parlâmes de nos vieux maîtres et un de

6

nous vint à nommer M. Petit-Radel, érudit estimable qui jeta le premier quelque lumière sur les origines étrusques, mais qui eut le malheur de dresser un tableau chronologique des amants d'Hélène. Ce tableau nous fit beaucoup rire et je m'écriai : « Petit-Radel est un sot, non pas en trois lettres, mais bien en douze volumes. »

Cette parole d'adolescent est trop légère pour peser sur la conscience d'un vieillard. Pussé-je n'avoir lancé dans la bataille de la vie que des traits aussi innocents! Mais je me demande aujourd'hui si, dans mon existence, je n'ai pas fait, sans m'en douter, quelque chose d'aussi ridicule que le tableau chronologique des amants d'Hélène. Le progrès des sciences rend inutiles les ouvrages qui ont le plus aidé à ce progrès. Comme ces ouvrages ne servent plus à grand'chose, la jeunesse croit de bonne foi qu'ils n'ont jamais servi à rien; elle les méprise et, pour peu qu'il s'y trouve quelque idée trop surannée, elle en rit. Voilà comment, à vingt ans, je m'amusai de M. Petit-Radel et de son tableau de chronologie galante, voilà comment hier, au Luxembourg, mon jeune et irrévérencieux ami..

Rentre en toi-même, Octave, et cesse de te plaindre.
Quoi! tu veux qu'on t'épargne et n'as rien épargné.

6 juin.

C'était le premier jeudi de juin. Je fermai mes livres et pris congé du saint abbé Droctovée qui, jouissant de la béatitude céleste, n'est pas bien pressé, je pense, de voir son nom et ses travaux glorifiés, sur cette terre, dans une humble compilation sortie de mes mains. Le dirai-je? Ce pied de mauve que je vis l'autre semaine visité par une abeille m'occupe plus que tous les vieux abbés crossés et mitrés. Et tantôt encore, ma gouvernante me surprit à la fenêtre de la cuisine examinant à la loupe des fleurs de giroflée. Il y a dans un livre de Sprengel que j'ai lu dans ma première jeunesse, alors que je lisais tout, quelques idées sur les amours des fleurs qui me reviennent à l'esprit après un demi-siècle d'oubli et qui, aujourd'hui, m'intéressent à ce point que je regrette de n'avoir pas consacré les humbles facultés de mon âme à l'étude des insectes et des plantes.

C'était en cherchant ma cravate que je faisais ces réflexions. Mais ayant fouillé inutilement un très grand nombre de tiroirs, j'eus recours à ma gouvernante. Thérèse vint clopin-clopant.

— Monsieur, me dit-elle, il fallait me dire que vous sortiez et je vous aurais donné votre cravate.

— Mais, Thérèse, répondis-je, ne serait-il pas meilleur de la placer dans un endroit où je pusse la trouver sans votre aide?

Thérèse ne daigna pas me répondre.

Thérèse ne me laisse plus la disposition de rien. Je ne puis avoir un mouchoir sans le lui demander, et, comme elle est sourde, impotente et que, de plus, elle perd tout à fait la mémoire, je languis dans un perpétuel dénûment. Cependant elle jouit avec un si tranquille orgueil de son autorité domestique, que je ne me sens pas le courage de tenter un coup d'État contre le gouvernement de mes armoires.

— Ma cravate, Thérèse! m'entendez-vous? ma cravate! ou, si vous me désespérez par de nouvelles lenteurs, ce n'est pas une cravate qu'il me faudra, c'est une corde pour me pendre.

— Vous êtes donc bien pressé, monsieur, me répond Thérèse. Votre cravate n'est pas perdue. Rien ne se perd ici, car j'ai soin de tout. Mais laissez-moi au moins le temps de la trouver.

« Voilà pourtant, pensai-je, voilà le résultat d'un demi-siècle de dévouement. Ah! si par bonheur, cette inexorable Thérèse avait une fois, une seule fois dans sa vie, manqué à ses devoirs de servante, si elle s'était trouvée une minute en faute, elle n'aurait pas pris sur moi cet empire inflexible et j'oserais du moins lui résister. Mais résiste-t-on à la vertu? Les gens qui n'eurent point de faiblesses sont terribles; on n'a point de prise sur eux. Voyez plutôt Thérèse : pas un vice par où la prendre. Elle ne doute ni d'elle, ni de Dieu, ni du monde. C'est la femme forte, c'est la vierge sage de l'Écriture et, si les hommes l'ignorent, je la connais. Elle apparaît dans mon âme tenant à la main une lampe, une humble lampe de ménage qui brille sous les solives d'un toit rustique et qui ne s'éteindra jamais au bout de ce bras maigre, tors et fort comme un sarment. »

— Thérèse, ma cravate! Ne savez-vous pas, malheureuse, que c'est aujourd'hui le premier jeudi de juin et que mademoiselle Jeanne m'attend? La maîtresse du pensionnat a dû faire cirer à point le plancher du parloir; je suis sûr qu'on s'y mire à l'heure qu'il est et ce sera une distraction pour moi, quand je m'y romprai les os, ce qui ne peut tarder, d'y voir comme dans une glace ma triste figure. Prenant alors pour modèle l'aimable et admirable héros dont l'image est ciselée sur la canne de l'oncle Victor, je m'efforcerai de montrer un visage riant et une âme contente. Voyez ce beau soleil. Les quais en sont tout dorés et la Seine sourit par d'innombrables petites rides étincelantes. La ville est d'or; une poussière blonde flotte sur ses beaux contours comme une chevelure... Thérèse, ma cravate!... Ah! je comprends aujourd'hui le bonhomme Chrysale qui serrait ses rabats dans un gros Plutarque. A son exemple, je mettrai désormais toutes mes cravates entre les feuillets des *Acta sanctorum*.

Thérèse me laisse dire et cherche en silence. J'entends qu'on sonne doucement à la porte.

— Thérèse, dis-je, on sonne. Donnez-moi ma cravate et allez ouvrir, ou bien allez ouvrir et, avec l'aide du ciel, vous me donnerez ensuite ma cravate. Mais ne restez pas ainsi, je vous en prie, entre ma commode et notre porte comme une haquenée, si j'ose dire, entre deux selles.

Thérèse marcha vers la porte comme à l'ennemi. Mon excellente gouvernante est devenue très inhospitalière. L'étranger lui est suspect. A l'entendre, cette disposition procède d'une longue expérience des hommes. Je n'eus pas le temps de considérer si la même expérience faite par un autre expérimentateur donnerait le même résultat. Maître Mouche m'attendait dans mon cabinet.

Maître Mouche est encore plus jaune que je n'avais cru. Il a des lunettes bleues et ses prunelles trottent dessous, comme des souris derrière un paravent.

Maître Mouche s'excuse d'être venu me déranger dans un moment... Il ne caractérise pas ce moment, mais je pense qu'il veut dire un moment où je n'ai pas de cravate. Ce n'est pas de ma faute, comme vous savez. Maître Mouche, qui n'en sait rien, n'en paraît d'ailleurs nullement offensé. Il craint seulement d'être importun. Je le rassure à demi. Il me dit que c'est comme tuteur de mademoiselle Alexandre qu'il est venu causer avec moi. Tout d'abord il m'invite à ne tenir aucun compte des restrictions qu'il a cru devoir apporter primitivement à l'autorisation à

THÉRÈSE CHERCHAIT EN SILENCE.

nous accordée de voir mademoiselle Jeanne dans son pensionnat. Désormais l'établissement de mademoiselle Préfère me serait ouvert tous les jours de midi à quatre heures. Sachant l'intérêt que je porte à cette jeune fille, il croit de son devoir de me renseigner sur la personne à laquelle il a confié sa pupille. Mademoiselle Préfère, qu'il connaît depuis longtemps, est en possession de toute sa confiance. Mademoiselle Préfère est, selon lui, une personne éclairée, de bon conseil et de bonnes mœurs.

— Mademoiselle Préfère, me dit-il, a des principes; et c'est chose rare, monsieur, par le temps qui court. Tout est bien changé actuellement et cette époque ne vaut pas les précédentes.

— Témoin mon escalier, monsieur, répondis-je; il se laissait monter, il y a vingt-cinq ans, le plus aisément du monde, et maintenant il m'essouffle et me rompt les jambes dès les premières marches. Il s'est gâté. Il y a aussi les journaux et les livres que jadis je dévorais sans peine au clair de la lune et qui aujourd'hui, par le plus beau soleil, se moquent de ma curiosité et ne me montrent que du blanc et du noir, quand je n'ai point de lunettes. La goutte me travaille les membres. C'est là encore une des malices du temps.

— Non seulement cela, monsieur, me répondit gravement maître Mouche, mais ce qu'il y a de réellement mauvais dans notre époque, c'est que personne n'est content de sa position. Il règne du haut en bas de la société, dans toutes les classes, un malaise, une inquiétude, une soif de bien-être.

— Mon Dieu! monsieur, répondis-je, croyez-vous que cette soif de bien-être soit un signe des temps? Les hommes n'ont eu à aucune époque l'appétit du malaise. Ils ont toujours cherché à améliorer leur état. Ce constant effort a produit de constantes révolutions. Il continue, voilà tout!

— Ah! monsieur, me répondit maître Mouche, on voit bien que vous vivez dans vos livres, loin des affaires! Vous ne voyez pas, comme moi, les conflits d'intérêts, les luttes d'argent. C'est du grand au petit la même effervescence. On se livre à une spéculation effrénée. Ce que je vois m'épouvante.

Je me demandais si maître Mouche n'était venu chez moi que pour m'exprimer sa misanthropie vertueuse; mais j'entendis des paroles plus consolantes

MAITRE MOUCHE S'EXCUSE

sortir de ses lèvres. Maître Mouche me présentait Virginie Préfère comme une personne digne de respect, d'estime et de sympathie, pleine d'honneur, capable de dévouement, instruite, discrète, lisant à haute voix, pudique et sachant poser des vésicatoires. Je compris alors qu'il ne m'avait fait une peinture si sombre de la corruption universelle, qu'afin de faire mieux ressortir, par le contraste, les vertus de l'institutrice. J'appris que l'établissement de la rue Demours était bien achalandé, lucratif et en possession de l'estime publique. Maître Mouche, pour confirmer ses déclarations, étendit sa main gantée de laine noire. Puis il ajouta :

— Je suis à même, par ma profession, de connaître le monde. Un notaire est un peu un confesseur. J'ai cru de mon devoir, monsieur, de vous apporter ces bons renseignements au moment où un heureux hasard vous a mis en rapport avec mademoiselle Préfère. Je n'ai qu'un mot à ajouter : cette demoiselle, qui ignore absolument la démarche que je fais près de vous, m'a parlé l'autre jour de vous en termes profondément sympathiques. Je les affaiblirais en les répétant, et je ne pourrais d'ailleurs les redire sans trahir en quelque sorte la confiance de mademoiselle Préfère.

— Ne la trahissez pas, monsieur, répondis-je, ne la trahissez pas. A vous dire vrai, j'ignorais que mademoiselle Préfère me connût le moins du monde. Toutefois puisque vous avez sur elle l'influence d'une ancienne amitié, je profiterai, monsieur, de vos bonnes dispositions à mon égard pour vous prier d'user de votre crédit auprès de votre amie en faveur de mademoiselle Jeanne Alexandre. Cette enfant, car c'est une enfant, est surchargée de travail. A la fois élève et maîtresse, elle se fatigue beaucoup. De plus, on lui fait trop sentir, je crains, sa pauvreté, et c'est une nature généreuse que les humiliations pousseraient à la révolte.

— Hélas! me répondit maître Mouche, il faut bien la préparer à la vie. On n'est pas sur la terre pour s'amuser et pour faire ses quatre cents volontés.

— On est sur la terre, répondis-je vivement, pour se plaire dans le beau et dans le bien et pour faire ses quatre cents volontés quand elles sont nobles, spirituelles et généreuses. Une éducation qui n'exerce pas les volontés est une éducation qui déprave les âmes. Il faut que l'instituteur enseigne à vouloir.

Je crus voir que maître Mouche m'estimait un pauvre homme. Il reprit avec beaucoup de calme et d'assurance :

— Songez, monsieur, que l'éducation des pauvres doit être faite avec beaucoup de circonspection et en vue de l'état de dépendance qu'ils doivent avoir dans la société. Vous ne savez peut-être pas que Noël Alexandre est mort insolvable, et que sa fille est élevée presque par charité.

— Oh! monsieur! m'écriai-je, ne le disons pas. Le dire c'est se payer, et ce ne serait plus vrai.

— Le passif de la succession, poursuivit le notaire, excédait l'actif. Mais j'ai pris des arrangements avec les créanciers, dans l'intérêt de la mineure.

Il m'offrit de me donner des explications détaillées : je les refusai, étant incapable de comprendre les affaires en général et celles de maître Mouche en particulier. Le notaire s'appliqua de nouveau à justifier le système d'éducation de mademoiselle Préfère, et me dit, en manière de conclusion :

— On n'apprend pas en s'amusant.

— On n'apprend qu'en s'amusant, répondis-je. L'art d'enseigner n'est que l'art d'éveiller la curiosité des jeunes âmes pour la satisfaire ensuite, et la curiosité n'est vive et saine que dans les esprits heureux. Les connaissances qu'on entonne de force dans les intelligences les bouchent et les étouffent. Pour digérer le savoir, il faut l'avoir avalé avec appétit. Je connais Jeanne. Si cette enfant m'était confiée je ferais d'elle, non pas une savante, car je lui veux du bien, mais une

NE LA TRAHISSEZ PAS, MONSIEUR.

enfant brillante d'intelligence et de vie et en laquelle toutes les belles choses de la nature et de l'art se refléteraient avec un doux éclat. Je la ferais vivre en sympathie avec les beaux paysages, avec les scènes idéales de la poésie et de l'histoire, avec la musique noblement émue. Je lui rendrais aimable tout ce que je voudrais lui faire aimer. Il n'est pas jusqu'aux travaux d'aiguille que je ne rehausserais pour elle par le choix des tissus, le goût des broderies et le style des guipures. Je lui donnerais un beau chien et un poney pour lui enseigner à gouverner des créatures; je lui donnerais des oiseaux à nourrir pour lui apprendre le prix d'une goutte d'eau et d'une miette de pain. Afin de lui créer une joie de plus, je voudrais qu'elle fût charitable avec allégresse. Et puisque la douleur est inévitable, puisque la vie est pleine de misères, je lui enseignerais cette sagesse chrétienne qui nous élève au-dessus de toutes les misères et donne une beauté à la douleur même. Voilà comment j'entends l'éducation d'une jeune fille!

— Je m'incline, répondit maître Mouche en joignant ses deux gants de laine noire.

Et il se leva.

— Vous entendez bien, lui dis-je en le reconduisant, que je ne prétends pas imposer à mademoiselle Préfère mon système d'éducation qui est tout intime et parfaitement incompatible avec l'organisation des pensionnats les mieux tenus. Je vous supplie seulement de lui persuader de donner moins de travail et plus de récréation à Jeanne, de ne la point humilier et de lui accorder autant de liberté d'esprit et de corps qu'en comporte le règlement de l'institution.

C'est avec un sourire pâle et mystérieux que maître Mouche m'assura que mes observations seraient prises en bonne part et qu'on en tiendrait grand compte.

Là-dessus il me fit un petit salut et sortit, me laissant dans un certain état de trouble et de malaise. J'ai pratiqué dans ma vie des personnes de diverses sortes, mais aucune qui ressemble à ce notaire ou à cette institutrice.

6 juillet.

Maître Mouche m'ayant fort retardé par sa visite, je renonçai à aller voir Jeanne ce jour-là. Des devoirs professionnels m'occupèrent le reste de la semaine. Bien

JE PRÉSIDE DES ACADÉMIES.

que dans l'âge du détachement, je tiens encore par mille liens au monde dans lequel j'ai vécu. Je préside des académies, des congrès, des sociétés. Je suis accablé de fonctions honorifiques; j'en remplis jusqu'à sept bien comptées dans un seul ministère. Les bureaux voudraient bien se débarrasser de moi, et je voudrais bien me débarrasser d'eux. Mais l'habitude est plus forte qu'eux et que moi, et je monte clopin-clopant les escaliers de l'État. Après moi, les vieux huissiers se montreront entre eux mon ombre errant dans les couloirs. Quand on est très vieux, il devient extrêmement difficile de disparaître. Il est pourtant temps, comme dit la chanson, de prendre ma retraite et de songer à faire une fin.

Une vieille marquise philosophe, amie d'Helvétius en son bel âge, et que je vis fort âgée chez mon père, reçut à sa dernière maladie la visite de son curé qui voulut la préparer à mourir.

— Cela est-il si nécessaire? lui répondit-elle. Je vois tout le monde y réussir parfaitement du premier coup.

Mon père l'alla voir peu de temps après et la trouva fort mal.

— Bonsoir, mon ami, lui dit-elle, en lui serrant la main, je vais voir si Dieu gagne à être connu.

Voilà comment mouraient les belles amies des philosophes. Cette manière de finir n'est point, certes, d'une vulgaire impertinence, et des légèretés comme celle-là ne se trouvent pas dans la tête des sots. Mais elles me choquent. Ni mes craintes ni mes espérances ne s'arrangent d'un tel départ. Je voudrais au mien un peu de recueillement, et c'est pour cela qu'il faudra bien que je songe, d'ici à quelques années, à me rendre à moi-même, sans quoi je risquerais bien... Mais, chut! Que Celle qui passe ne se retourne pas en entendant son nom. Je puis bien encore soulever sans elle mon fagot.

J'ai trouvé Jeanne tout heureuse. Elle m'a conté que, jeudi dernier, après la visite de son tuteur, mademoiselle Préfère l'avait affranchie du règlement et allégée de divers travaux. Depuis ce bienheureux jeudi, elle se promène librement dans le jardin qui ne manque que de fleurs et de feuilles; elle a même des facilités pour travailler à son malheureux petit saint Georges.

Elle me dit en souriant :

— Je sais bien que c'est à vous que je dois tout cela.

Je lui parlai d'autre chose, mais je remarquai qu'elle ne m'écoutait pas aussi bien qu'elle aurait voulu.

— Je vois que quelque idée vous occupe, lui dis-je, parlez-moi de cela, ou nous ne dirons rien qui vaille, ce qui ne serait digne ni de vous ni de moi.

Elle me répondit :

— Oh! je vous écoutais bien, monsieur; mais il est vrai que je pensais à quelque chose. Vous me pardonnerez, n'est-ce pas? Je pensais qu'il faut que mademoiselle Préfère vous aime beaucoup pour être devenue tout à coup si bonne avec moi.

Et elle me regarda d'un air à la fois souriant et effaré qui me fit rire.

— Cela vous étonne? dis-je.

— Beaucoup, me répondit-elle.

— Pourquoi, s'il vous plaît?

— Parce que je ne vois pas du tout de raisons pour que vous plaisiez à mademoiselle Préfère.

— Vous me croyez donc bien déplaisant, Jeanne?

— Oh! non, mais vraiment je ne vois aucune raison pour que vous plaisiez à mademoiselle Préfère. Et pourtant vous lui plaisez beaucoup, beaucoup. Elle m'a fait appeler et m'a posé toutes sortes de questions sur vous.

— En vérité?

— Oui, elle voulait connaître votre intérieur. C'est au point qu'elle m'a demandé l'âge de votre gouvernante!

— Eh bien! lui dis-je, qu'en pensez-vous?

Elle garda longtemps les yeux fixés sur le drap usé de ses bottines et elle semblait absorbée par une méditation profonde. Enfin, relevant la tête :

— Je me défie, dit-elle. Il est bien naturel, n'est-ce pas, qu'on soit inquiète de ce qu'on ne comprend pas? Je sais bien que je suis une étourdie, mais j'espère que vous ne m'en voulez pas.

— Non, certes, Jeanne, je ne vous en veux pas.

J'avoue que sa surprise me gagnait et je remuais dans ma vieille tête cette pensée de la jeune fille : on est inquiet de ce qu'on ne comprend pas.

Mais Jeanne reprit en souriant :

— Elle m'a demandé... devinez!... Elle m'a demandé si vous aimiez la bonne chère.

— Et comment avez-vous reçu, Jeanne, cette averse d'interrogations?

— J'ai répondu : « Je ne sais pas, mademoiselle. » Et mademoiselle m'a dit : « Vous êtes une petite sotte. Les moindres détails de la vie d'un homme supérieur doivent être remarqués. Sachez, mademoiselle, que monsieur Sylvestre Bonnard est une des gloires de la France. »

— Peste! m'écriai-je. Et qu'en pensez-vous, mademoiselle?

— Je pense que mademoiselle Préfère avait raison. Mais je ne tiens pas... (c'est mal, ce que je vais vous dire) je ne tiens pas du tout à ce que mademoiselle Préfère ait raison en quoi que ce soit.

— Eh bien! soyez satisfaite, Jeanne : mademoiselle Préfère n'avait pas raison.

— Si! si! elle avait bien raison. Mais je voulais aimer tous ceux qui vous aiment, tous sans exception, et je ne le peux plus, car il ne me sera jamais possible d'aimer mademoiselle Préfère.

— Jeanne, écoutez-moi, répondis-je gravement, mademoiselle Préfère est devenue bonne avec vous, soyez bonne avec elle.

Elle répliqua d'un ton sec :

— Il est très facile à mademoiselle Préfère d'être bonne avec moi; et il me serait très difficile d'être bonne avec elle.

C'est en donnant plus de gravité encore à mon langage que je repris :

— Mon enfant, l'autorité des maîtres est sacrée. Votre maîtresse de pension représente auprès de vous la mère que vous avez perdue.

A peine avais-je dit cette solennelle bêtise que je m'en repentis cruellement. L'enfant pâlit, ses yeux se gonflèrent.

— Oh! monsieur! s'écria-t-elle, comment pouvez-vous dire une chose pareille, vous?

Oui, comment, avais-je pu dire cette chose?

Elle répétait :

— Maman! ma chère maman! ma pauvre maman!

Le hasard m'empêcha d'être sot jusqu'au bout. Je ne sais comment il se fit que j'eus l'air de pleurer. On ne pleure plus à mon âge. Il faut qu'une toux maligne m'ait tiré des larmes des yeux. Enfin, c'était à s'y tromper. Jeanne s'y trompa. Oh! quel pur, quel radieux sourire brilla alors sous ses beaux cils mouillés comme du soleil dans les branches après une pluie d'été! Nous nous prîmes les mains, et nous restâmes longtemps sans nous rien dire, heureux.

ELLE ME MONTRA LE NOM DE JEANNE ALEXANDRE.

— Mon enfant, dis-je enfin, je suis très vieux et bien des secrets de la vie, que vous découvrirez peu à peu, me sont révélés. Croyez-moi : l'avenir est fait du passé. Tout ce que vous ferez pour bien vivre ici, sans haine et sans amertume, vous servira à vivre un jour en paix et en joie dans votre maison. Soyez douce et sachez souffrir. Quand on souffre bien on souffre moins. S'il vous arrive un jour d'avoir un vrai sujet de plainte, je serai là pour vous entendre. Si vous êtes offensée, madame de Gabry et moi nous le serons avec vous.

— Votre santé est-elle tout à fait bonne, cher monsieur?

C'était mademoiselle Préfère, venue en tapinois, qui me faisait cette question accompagnée d'un sourire. Ma première pensée fut de la vouer à tous les diables, la seconde de constater que sa bouche était faite pour sourire comme une casserole pour jouer du violon, la troisième fut de lui rendre sa politesse et de lui dire que j'espérais qu'elle se portait bien.

Elle envoya la jeune fille se promener dans le jardin; puis, une main sur sa pèlerine et l'autre étendue vers le tableau d'honneur, elle me montra le nom de Jeanne Alexandre écrit en ronde en tête de la liste.

— Je vois avec un sensible plaisir, lui

dis-je, que vous êtes satisfaite de la conduite de cette enfant. Rien ne peut m'être plus agréable, et je suis porté à attribuer cet heureux résultat à votre affectueuse vigilance. J'ai pris la liberté de vous faire envoyer quelques livres qui peuvent intéresser et instruire des jeunes filles. Vous jugerez, après y avoir jeté les yeux, si

QUE DE LIVRES! S'ÉCRIA-T-ELLE.

vous devez les communiquer à mademoiselle Alexandre et à ses compagnes.

La reconnaissance de la maîtresse de pension alla jusqu'à l'attendrissement et s'étendit en paroles. Pour y couper court :

— Il fait bien beau aujourd'hui, dis-je.

— Oui, me répondit-elle, et, si cela continue, ces chères enfants auront un beau temps pour prendre leurs ébats.

— Vous voulez sans doute parler des vacances. Mais mademoiselle Alexandre, qui n'a plus de parents, ne sortira pas d'ici. Que fera-t-elle, mon Dieu, dans cette grande maison vide?

— Nous lui donnerons le plus de distractions que nous pourrons. Je la conduirai dans les musées et...

Elle hésita, puis en rougissant :

— ... et chez vous, si vous le permettez.

— Comment donc! m'écriai-je. Mais voilà une excellente idée.

Nous nous quittâmes fort amis l'un de l'autre. Moi d'elle, parce que j'avais obtenu ce que je souhaitais; elle de moi, sans motif appréciable, ce qui, selon Platon, la met au plus haut degré de la hiérarchie des âmes.

Pourtant, c'est avec de mauvais pressentiments que j'introduis cette personne chez moi. Et je voudrais bien que Jeanne fût en d'autres mains que les siennes. Maître Mouche et mademoiselle Préfère sont des esprits qui passent le mien. Je ne sais jamais pourquoi ils disent ce qu'ils disent, ni pourquoi ils font ce qu'ils font; il y a en eux des profondeurs mystérieuses qui me troublent. Comme Jeanne me le disait tout à l'heure : on est inquiet de ce qu'on ne comprend pas.

Hélas! à mon âge on sait trop combien la vie est peu innocente; on sait trop ce qu'on perd à durer en ce monde et l'on n'a de confiance qu'en la jeunesse.

16 août.

Je les attendais. Vraiment, je les attendais avec impatience. Pour amener Thérèse à les bien accueillir, j'ai employé tout mon art d'insinuer et de plaire, mais c'est peu. Elles vinrent. Jeanne était, ma foi! toute pimpante. Ce n'est point sa grand'mère, assurément. Mais aujourd'hui, pour la première fois, je m'aperçus qu'elle avait une physionomie agréable, chose qui, en ce monde, est fort utile à une femme. Elle sourit, et la cité des livres en fut tout égayée.

J'épiai Thérèse; j'observai si ses rigueurs de vieille gardienne s'adoucissaient à la vue de la jeune fille. Je la vis arrêter sur Jeanne ses yeux ternes, sa face à longues peaux, sa bouche creuse, son menton pointu de vieille fée puissante. Et ce fut tout.

Mademoiselle Préfère, de bleue vêtue, avançait, reculait, sautillait, trottinait, s'écriait, soupirait, baissait les yeux, levait les yeux, se confondait en politesses, n'osait pas, osait, n'osait plus, osait encore, faisait la révérence, bref, un manège.

— Que de livres! s'écria-t-elle. Et vous les avez tous lus, monsieur Bonnard?

— Hélas! oui, répondis-je, et c'est pour cela que je ne sais rien du tout, car il n'y a pas un de ces livres qui n'en dément un autre, en sorte que, quand on les connaît tous, on ne sait que penser. J'en suis là, madame.

Là-dessus, elle appela Jeanne pour lui communiquer ses impressions. Mais Jeanne regardait par la fenêtre :

— Que c'est beau! nous dit-elle. J'aime voir couler la rivière. Cela fait penser à tant de choses!

Mademoiselle Préfère ayant ôté son

ELLE ME CONDUISIT DANS LA SALLE A MANGER.

chapeau et découvert un front orné de boucles blondes, ma gouvernante empoigna fortement le chapeau en disant qu'il lui déplaisait de voir traîner les hardes sur les meubles. Puis elle s'approcha de Jeanne et lui demanda « ses nippes » en l'appelant sa petite demoiselle. La petite demoiselle, lui donnant son mantelet et son chapeau, dégagea un cou gracieux et une taille ronde dont les contours se détachaient nettement sur la grande lumière de la fenêtre, et j'aurais souhaité qu'elle fût vue en ce moment par toute autre personne qu'une vieille servante, une maîtresse de pension frisée comme un agneau et un bonhomme d'archiviste paléographe.

— Vous regardez la Seine, lui dis-je; elle étincelle au soleil.

— Oui, répondit-elle, accoudée à la barre d'appui. On dirait une flamme qui coule. Mais voyez là-bas comme elle semble fraîche sous les saules de la berge qu'elle reflète. Ce petit coin-là me plaît encore mieux que tout le reste.

— Allons! répondis-je, je vois que la rivière vous tente. Que diriez-vous si, avec l'agrément de mademoiselle Préfère, nous allions à Saint-Cloud par le bateau à vapeur que nous ne manquerons pas de trouver en aval du Pont-Royal?

Jeanne était très contente de mon idée et mademoiselle Préfère résolue à tous les sacrifices. Mais ma gouvernante n'entendait pas nous laisser partir ainsi. Elle me conduisit dans la salle à manger où je la suivis en tremblant.

— Monsieur, me dit-elle quand nous fûmes seuls, vous ne pensez jamais à rien et il faut que ce soit moi qui songe à tout. Heureusement que j'ai bonne mémoire.

Je ne jugeai pas opportun d'ébranler cette illusion téméraire. Elle poursuivit :

— Ainsi! vous vous en alliez sans me dire ce qui plaît à la petite demoiselle? Vous êtes bien difficile à contenter, vous, monsieur, mais au moins vous savez ce qui est bon. Ce n'est pas comme ces jeunesses. Elles ne se connaissent pas en cuisine. C'est souvent le meilleur qu'elles trouvent le pire et le mauvais qui leur semble bon, à cause du cœur qui n'est pas encore bien assuré à sa place, tant et si bien qu'on ne sait que faire avec elles. Dites-moi si la petite demoiselle aime les pigeons aux petits pois et les profiterolles.

— Ma bonne Thérèse, répondis-je, faites à votre gré, et ce sera très bien.

Ces dames sauront se contenter de notre modeste ordinaire.

Thérèse reprit sèchement :

— Monsieur, je vous parle de la petite demoiselle : il ne faut pas qu'elle s'en aille de la maison sans avoir un peu profité. Quant à la vieille frisée, si mon dîner ne lui convient pas, elle pourra bien se sucer les pouces. Je m'en moque.

Je retournai, l'âme en repos, dans la cité des livres où mademoiselle Préfère travaillait au crochet si tranquillement qu'on eût dit qu'elle était chez elle. Je faillis le croire moi même. Elle tenait peu de place, il est vrai, au coin de la fenêtre. Mais elle avait si bien choisi sa chaise et son tabouret, que ces meubles semblaient faits pour elle.

Jeanne, au contraire, donnait aux livres et aux tableaux un long regard, qui semblait presque un affectueux adieu.

— Tenez, lui dis-je ; amusez-vous à feuilleter ce livre, qui ne peut manquer de vous plaire, car il contient de belles gravures.

Et j'ouvris devant elle le recueil des costumes de Vecellio : non pas, s'il vous plaît, la banale copie maigrement exécutée par des artistes modernes, mais bien un magnifique et vénérable exemplaire de l'édition princeps, laquelle est noble à l'égal des nobles dames qui figurent sur ses feuillets jaunis et embellis par le temps.

En feuilletant les gravures avec une naïve curiosité, Jeanne me dit :

— Nous parlions de promenade, mais c'est un voyage que vous me faites faire. Un grand voyage.

— Eh bien ! mademoiselle, lui dis-je, il faut s'arranger commodément pour voyager. Vous êtes assise sur un coin de votre chaise que vous faites tenir sur un seul pied, et le Vecellio doit vous fatiguer les genoux. Asseyez-vous pour de bon, mettez votre chaise d'aplomb et posez votre livre sur la table.

Elle m'obéit en souriant et me dit :

— Regardez, monsieur, le beau costume (C'était celui d'une dogaresse). Que c'est noble et quelles magnifiques idées cela donne ! C'est pourtant beau, le luxe !

— Il ne faut pas exprimer de semblables pensées, mademoiselle, dit la maîtresse de pension, en levant de dessus son ouvrage un petit nez imparfait.

— C'est bien innocent, répondis-je. Il y

MAIS LA PORTE DE LA CITÉ DES LIVRES S'OUVRIT.

a des âmes de luxe qui ont le goût inné de la magnificence.

Le petit nez imparfait se rabattit aussitôt.

— Mademoiselle Préfère aime le luxe aussi, dit Jeanne; elle découpe des transparents de papier pour les lampes. C'est du luxe économique, mais c'est du luxe tout de même.

Retournés à Venise, nous faisions la connaissance d'une patricienne vêtue d'une dalmatique brodée, quand j'entendis la sonnette. Je crus que c'était quelque patronnet avec sa manne, mais la porte de la cité des livres s'ouvrit et... Tu souhaitais tout à l'heure, vieux Sylvestre Bonnard, que d'autres yeux que des yeux lunettés et desséchés vissent ta protégée dans sa grâce; tes souhaits sont comblés de la façon la plus inattendue. Et comme à l'imprudent Thésée, une voix te dit :

Craignez, Seigneur, craignez que le Ciel rigoureux
Ne vous haïsse assez pour exaucer vos vœux.

La porte de la cité des livres s'ouvrit et un beau jeune homme parut, introduit par Thérèse. Cette vieille âme simple ne sait qu'ouvrir ou fermer la porte aux gens; elle n'entend rien aux finesses de l'antichambre et du salon. Il n'est dans ses mœurs ni d'annoncer ni de faire attendre. Elle jette les gens sur le palier ou bien elle vous les pousse à la tête.

Voilà donc le beau jeune homme tout amené et je ne puis vraiment pas l'aller enfermer tout de suite, comme un animal dangereux, dans la pièce voisine. J'attends qu'il s'explique; il le fait sans embarras, mais il me semble qu'il a remarqué la jeune fille qui, penchée sur la table, feuillette le Vecellio. Je le regarde; ou je me trompe fort, ou je l'ai déjà vu quelque part. Il se nomme Gélis. C'est là un nom que j'ai entendu je ne sais où. En fait, M. Gélis (puisque Gélis il y a) est fort bien tourné. Il me dit qu'il est en troisième année à l'École des chartes, et qu'il prépare depuis quinze ou dix-huit mois sa thèse de sortie dont le sujet est l'état des abbayes bénédictines en 1700. Il vient de lire mes travaux sur le *Monasticon* et il est persuadé qu'il ne peut mener sa thèse à bonne fin sans mes conseils, d'abord, et sans un certain manuscrit que j'ai en ma possession et qui n'est autre que le registre des comptes de l'abbaye de Cîteaux de 1683 à 1704.

M'ayant édifié sur ces points, il me remet une lettre de recommandation signée du nom du plus illustre de mes confrères.

A la bonne heure, j'y suis : M. Gélis est tout uniment le jeune homme qui, l'an passé, m'a traité d'imbécile, sous les marronniers. Ayant déplié sa lettre d'introduction, je songe :

« Ah! ah! malheureux, tu es bien loin de soupçonner que je t'ai entendu et que je sais ce que tu penses de moi... ou du moins ce que tu pensais ce jour-là, car ces jeunes têtes sont si légères! Je te tiens, jeune imprudent! te voilà dans l'antre du lion et si soudainement, ma foi! que le vieux lion surpris ne sait que faire de sa proie. Mais toi, vieux lion, ne serais-tu pas un imbécile? si tu ne l'es pas, tu le fus. Tu fus un sot d'avoir écouté M. Gélis au pied de la statue de Marguerite de Valois, un double sot de l'avoir entendu, et un triple sot de n'avoir pas oublié ce qu'il eût mieux valu ne pas entendre. »

Ayant ainsi gourmandé le vieux lion, je l'exhortai à se montrer clément; il ne se fit pas trop tirer l'oreille et devint bientôt si gai qu'il se retint pour ne pas éclater en joyeux rugissements.

A la manière dont je lisais la lettre de mon collègue, je pouvais passer pour ne pas savoir mes lettres. Ce fut long, et M. Gélis aurait pu s'ennuyer, mais il regardait Jeanne et prenait son mal en patience. Jeanne tournait quelquefois la tête de notre côté. On ne peut rester immobile, n'est-ce pas? Mademoiselle Préfère arrangeait ses boucles, et sa poitrine se gonflait de petits soupirs. Il fa[ut] dire que j'ai été moi-même honoré souvent de ces petits soupirs.

— Monsieur, dis-je en pliant la lettre, je suis heureux de pouvoir vous être utile. Vous vous occupez de recherches qui m'ont, pour ma part, bien vivement intéressé. J'ai fait ce que j'ai pu. Je sais comme vous — et mieux encore que vous — combien il reste à faire. Le manuscrit que vous me demandez est à votre disposition; vous pouvez l'emporter, mais il n'est pas des plus petits, et je crains...

— Ah! monsieur, me dit Gélis, les gros livres ne me font pas peur.

Je priai le jeune homme de m'attendre et j'allai dans un cabinet voisin chercher le registre que je ne trouvai pas d'abord et que je désespérai même de trouver quand je reconnus, à des signes certains, que ma gouvernante avait mis de l'ordre dans le cabinet. Mais le registre était si grand et si gros que Thérèse n'était pas parvenue à le ranger assez complètement. Je le soulevai avec peine et j'eus la joie de le trouver pesant à souhait.

« Attends, mon garçon, me dis-je avec un sourire qui devait être très sarcastique, attends : je t'en vais accabler, il te rompra les bras, puis la cervelle. C'est la première vengeance de Sylvestre Bonnard. Nous aviserons ensuite. »

Quand je rentrai dans la cité des livres, j'entendis M. Gélis qui disait à Jeanne : « Les Vénitiennes se trempaient les cheveux dans une teinture blonde. Elles avaient le blond de miel et le blond d'or. Mais il y a des cheveux dont la couleur naturelle est bien plus jolie que celle du miel et de l'or. » Et Jeanne répondait par un silence pensif et recueilli. Je devinai que ce coquin de Vecellio était de l'affaire et que, penchés sur le livre, ils avaient regardé ensemble la dogaresse et les patriciennes.

Je parus avec mon énorme bouquin, pensant que Gélis ferait la grimace. C'était la charge d'un commissionnaire et j'en avais les bras endoloris. Mais le jeune homme le souleva comme une plume et le mit sous son bras en souriant. Puis il me remercia avec cette brièveté que j'estime, me rappela qu'il avait besoin de mes conseils et, ayant pris jour pour un nouvel

JE LE SOULEVAI AVEC PEINE.

entretien, partit en nous saluant tous le plus aisément du monde...

Je dis :

— Il est gentil, ce garçon.

Jeanne tourna quelques feuillets du Vecellio et ne répondit pas.

Nous allâmes à Saint-Cloud.

Septembre. — Décembre.

Les visites au bonhomme se sont succédé avec une exactitude dont je suis profondément reconnaissant à mademoiselle Préfère, qui a fini par avoir un coin attitré dans la cité des livres. Elle dit maintenant : ma chaise, mon tabouret, mon casier. Son casier est une tablette dont elle a expulsé les poètes champenois pour loger son sac à ouvrage. Elle est bien aimable et il faut que je sois un monstre pour ne pas l'aimer. Je la souffre dans toute la rigueur du mot. Mais que ne souffrirait-on pas pour Jeanne? Elle donne à la cité des livres un charme dont je goûte le souvenir quand elle est partie. Elle est peu instruite, mais si bien douée que, quand je veux lui montrer une belle chose, il se trouve que je ne l'avais jamais vue et que c'est elle qui me la fait voir. S'il m'a été jusqu'ici impossible de lui faire suivre mes idées, j'ai souvent pris plaisir à suivre le spirituel caprice des siennes.

Un homme plus sensé que moi songerait à la rendre utile. Mais n'est-il point utile dans la vie d'être aimable? Sans être jolie, elle charme. Charmer, cela sert autant, peut-être, que de ravauder des bas. D'ailleurs, je ne suis pas immortel et elle ne sera sans doute pas encore très vieille quand mon notaire (qui n'est point maître Mouche) lui lira certain papier que j'ai signé tantôt.

Je n'entends pas qu'un autre que moi la pourvoie et la dote. Je ne suis pas moi-même bien riche et l'héritage paternel ne s'est pas accru dans mes mains. On n'amasse pas des écus à compulser des vieux textes. Mais mes livres, au prix où se vend aujourd'hui cette noble denrée, valent quelque chose. Il y a sur cette tablette plusieurs poètes du XVIe siècle que des banquiers disputeraient à des princes. Et je crois que ces *Heures* de Simon Vostre ne passeraient point inaperçues à l'hôtel Silvestre, non plus que ces *Preces piæ* à l'usage de la reine Claude J'ai pris soin de réunir et de conserver tous ces exemplaires rares et curieux qui peuplent la cité des livres, et j'ai cru longtemps qu'ils étaient aussi nécessaires à ma vie que l'air et la lumière. Je les ai bien aimés, et aujourd'hui encore je ne puis m'empêcher de leur sourire et de les caresser. Ces maroquins sont si plaisants à l'œil et ces vélins si doux au toucher! Il n'est pas un seul de ces livres qui ne soit digne, par quelque mérite singulier, de l'estime d'un galant homme. Quel autre possesseur saura les priser comme il faut? Sais-je seulement si un nouveau propriétaire ne les laissera pas périr dans l'abandon, ou ne les mutilera pas par un caprice d'ignorant? Dans quelles mains tombera cet incomparable exemplaire de l'*Histoire de l'abbaye de Saint-Germain des Prés*, aux marges duquel l'auteur lui-même, Dom Jacques Bouillard, mit de sa main des notes substantielles?... Maître Bonnard, tu es un vieux fou. Ta gouvernante, la pauvre créature, est aujourd'hui clouée dans son lit par un rhumatisme rigoureux. Jeanne doit venir avec son chaperon et, au lieu d'aviser à les recevoir, tu songes à mille sottises. Sylvestre Bonnard, tu n'arriveras à rien, c'est moi qui te le dis.

Et précisément je les vois de ma fenêtre qui descendent de l'omnibus. Jeanne saute comme une chatte et mademoiselle Préfère se confie au bras robuste du conducteur, avec les grâces pudiques d'une Virginie réchappée du naufrage et résignée cette fois à se laisser sauver. Jeanne lève la tête, me voit, et me fait un imperceptible signe d'amitié confiante. Je m'aperçois qu'elle est jolie Elle est moins jolie que n'était sa grand'mère. Mais sa grâce fait la joie et la consolation du vieux fou que je suis. Quant aux jeunes fous (il s'en trouve encore), je ne sais ce qu'ils en penseront: ce n'est pas mon affaire... Mais faut-il te répéter, Bonnard, mon ami, que ta gouvernante est au lit et que tu dois aller toi-même ouvrir ta porte?

Ouvre, bonhomme Hiver... c'est le Printemps qui sonne

C'est Jeanne, en effet, Jeanne toute rose. Il s'en faut d'un étage que mademoiselle Préfère, essoufflée et indignée, atteigne le palier.

J'expliquai l'état de ma gouvernante et proposai un dîner au restaurant. Mais,

Thérèse, toute-puissante encore sur son lit de douleur, décida qu'il fallait dîner à la maison. Les honnêtes gens, à son avis, ne dînaient pas au restaurant. D'ailleurs, elle avait tout prévu. Le dîner était acheté, la concierge le cuirait.

L'audacieuse Jeanne voulut aller voir si la vieille malade n'avait besoin de rien.

JE LUI NOUAI SOLENNELLEMENT LE TABLIER DE TOILE A LA TAILLE.

Comme bien vous pensez, elle fut lestement renvoyée au salon, mais pas avec tant de rudesse que j'avais lieu de le craindre.

— Si j'ai besoin de me faire servir, ce qu'à Dieu ne plaise! lui fut-il répondu, je trouverai quelqu'un de moins mignon que vous. Il me faut du repos. C'est une marchandise dont vous ne tenez pas boutique à la foire, sous l'enseigne de Motus-un-doigt-sur-la-bouche. Allez rire et ne restez pas ici. C'est malsain : la vieillesse se gagne.

Jeanne, nous ayant rapporté ces paroles, ajouta qu'elle aimait beaucoup la langue de la vieille Thérèse. Sur quoi, mademoiselle Préfère lui reprocha d'avoir des goûts peu distingués. J'essayai de l'excuser par l'exemple de tant de bons artisans du parler maternel qui tenaient pour leurs maîtres en langage les forts du port au foin et les vieilles lavandières. Mais mademoiselle Préfère avait des goûts trop distingués pour se rendre à mes raisons.

Cependant Jeanne prit un visage suppliant et me demanda la faveur de mettre un tablier blanc et d'aller à la cuisine s'occuper du dîner.

— Jeanne, répondis-je avec la gravité d'un maître, je crois que, s'il s'agit de briser les assiettes, d'ébrécher les plats, de bosseler les casseroles et de défoncer les bouillottes, la créature sordide que Thérèse a placée dans la cuisine suffira à sa tâche, car il me semble entendre en ce moment dans la cuisine des bruits désastreux. Toutefois, je vous prépose, Jeanne, à la confection du dessert. Allez chercher un tablier blanc; je vous le ceindrai moi même.

En effet, je lui nouai solennellement le tablier de toile à la taille, et elle s'élança dans la cuisine pour y apprêter, comme nous le sûmes plus tard, des mets délicats.

Je n'eus pas à me louer de ce petit arrangement, car mademoiselle Préfère, restée seule avec moi, prit des allures inquiétantes. Elle me regarda avec des yeux pleins de larmes et de flammes et poussa d'énormes soupirs.

— Je vous plains, me dit elle, un homme comme vous, un homme d'élite, vivre seul avec une grossière servante (car elle est grossière, cela est incontestable)! Quelle cruelle existence! Vous avez besoin de repos, de ménagements, d'égards, de soins de toutes sortes, vous pouvez tomber malade. Et il n'y a pas de femme qui ne se ferait honneur de porter votre nom et de partager votre existence. Non! il n'y en a pas : c'est mon cœur qui me le dit.

Et elle pressait des deux mains ce cœur prêt sans cesse à s'échapper.

J'étais littéralement désespéré. J'essayai de remontrer à mademoiselle Préfère que j'entendais ne rien changer au train de ma vie fort avancée et que j'avais autant de bonheur qu'en comportaient ma nature et ma destinée.

— Non! vous n'êtes pas heureux, s'écria-t elle; il faudrait auprès de vous une âme capable de vous comprendre. Sortez de votre engourdissement, jetez les yeux autour de vous. Vous avez des relations étendues, de belles connaissances. On n'est pas membre de l'Institut sans fréquenter la société. Voyez, jugez, comparez. Une femme sensée ne vous refusera pas sa main. Je suis femme, monsieur : mon instinct ne me trompe pas; il y a quelque chose là qui me dit que vous trouverez le bonheur dans le mariage. Les femmes sont si dévouées, si aimantes (pas toutes, sans doute, mais quelques-unes)! Et puis elles sont sensibles à la gloire! Votre cuisinière n'a plus de forces; elle est sourde, elle est infirme; s'il vous arrivait malheur la nuit! Tenez, je frémis, rien que d'y penser!

Et elle frémissait réellement; elle fermait les yeux, serrait les poings, trépignait. Mon abattement était extrême. Avec quelle formidable ardeur elle reprit :

— Votre santé! votre chère santé! Je donnerais avec joie tout mon sang pour conserver les jours d'un savant, d'un littérateur, d'un homme de mérite, d'un membre de l'Institut. Et une femme qui n'en ferait pas autant, je la mépriserais. Tenez, monsieur, j'ai connu la femme d'un grand mathématicien, d'un homme qui faisait des cahiers entiers de calculs dont il remplissait toutes les armoires de sa maison. Il avait une maladie de cœur et il dépérissait à vue d'œil. Et je voyais sa femme, là, tranquille auprès de lui. Je n'ai pas pu y tenir, je lui ai dit un jour : « Ma chère, vous n'avez pas de cœur. A votre place, je ferais .. je ferais... Je ne sais pas ce que je ferais! »

Elle s'arrêta épuisée. Ma situation était terrible. Dire nettement à mademoiselle Préfère ce que je pensais de ses conseils, il ne fallait pas y songer Car me brouiller avec elle, c'était perdre Jeanne. Je pris donc la chose en douceur. D'ailleurs, elle était chez moi : cette considération m'aida à garder quelque courtoisie.

— Je suis très vieux, mademoiselle, lui répondis-je, et je crains bien que vos avis ne viennent un peu tard. J'y songerai toutefois. En attendant, remettez-vous. Il serait bon que vous prissiez un verre d'eau sucrée.

A ma grande surprise, ces paroles la calmèrent soudainement, et je la vis s'asseoir avec tranquillité dans son coin, près de son casier, sur sa chaise, les pieds sur son tabouret.

Le dîner était tout à fait manqué. Mademoiselle Préfère, perdue dans un rêve, n'y prit point garde. Je suis fort sensible d'ordinaire à ces sortes de mésaventures; mais celle-ci causa à Jeanne une telle joie que je finis moi-même par y prendre plaisir. Je ne savais pas encore, à mon âge, qu'un poulet brûlé d'un côté et cru de l'autre fût une chose comique; les rires clairs de Jeanne me l'apprirent. Ce poulet nous fit dire mille choses très spirituelles que j'ai oubliées et je fus enchanté qu'on ne l'eût pas raisonnablement rôti.

Le dîner s'acheva non sans grâce quand la jeune fille en tablier blanc, mince et droite, apporta le plat d'œufs à la neige qu'elle avait apprêté. Dans leur bain d'or pâle, ils brillaient du plus candide éclat et répandaient une fine odeur de vanille. Et elle les posa sur la table avec la gravité ingénue d'une ménagère de Chardin.

Dans le fond de mon âme, j'étais très inquiet. Il me paraissait à peu près impossible de me maintenir longtemps en bons termes avec mademoiselle Préfère dont les fureurs matrimoniales avaient éclaté. Et la maîtresse partie, adieu l'écolière!

Je profitai de ce que la bonne âme était allée mettre son manteau, pour demander à Jeanne très précisément quel âge elle avait. Elle avait dix-huit ans et un mois. Je comptai sur mes doigts et trouvai

LA JEUNE FILLE EN TABLIER BLANC APPORTA LE PLAT D'ŒUFS A LA NEIGE.

qu'elle ne serait pas majeure avant deux ans et onze mois. Comment passer tout ce temps-là?

En me quittant mademoiselle Préfère me regarda avec tant d'expression que j'en tremblai de tous mes membres.

— Au revoir, dis-je gravement à la jeune fille. Mais écoutez-moi : votre ami est vieux et peut vous manquer. Promettez-moi de ne jamais vous manquer à vous-même et je serai tranquille. Dieu vous garde, mon enfant!

Ayant fermé la porte sur elle, j'ouvris la fenêtre pour la voir s'en aller. La nuit était sombre et je n'aperçus que des ombres confuses qui glissaient sur le quai noir. Le bourdonnement immense et sourd de la ville montait jusqu'à moi, et j'eus le cœur serré.

15 décembre.

Le roi de Thulé gardait une coupe d'or que son amante lui avait laissée en souvenir. Près de mourir et sentant qu'il avait bu pour la dernière fois, il jeta la coupe à la mer. Je garde ce cahier de souvenirs comme le vieux prince des mers brumeuses gardait sa coupe ciselée et, de même qu'il abîma son joyau d'amour, je brûlerai ce livre de raison. Ce n'est pas, certes, par une avarice hautaine et par un orgueil égoïste que je détruirai ce monument d'une humble vie; mais je craindrais que les choses qui me sont chères et sacrées n'y parussent, par défaut d'art, vulgaires et ridicules.

Je ne dis pas cela en vue de ce qui va suivre. Ridicule je l'étais certainement quand, prié à dîner chez mademoiselle Préfère, je m'assis dans une bergère (c'était bien une bergère) à la droite de cette inquiétante personne. La table était dressée dans un petit salon. Assiettes ébréchées, verres dépareillés, couteaux branlant dans le manche, fourchettes à dents jaunes, rien ne manquait de ce qui coupe net l'appétit d'un honnête homme.

On me confia que le dîner était fait pour moi, pour moi seul, bien que maître Mouche en fût. Il faut que mademoiselle Préfère se soit imaginé que j'ai pour le beurre des goûts de Sarmate, car celui qu'elle m'offrit était rance à l'excès.

Le rôti acheva de m'empoisonner. Mais j'eus le plaisir d'entendre maître Mouche et mademoiselle Préfère parler de la vertu. Je dis le plaisir, je devrais dire la honte, car les sentiments qu'ils exprimaient sont fort au-dessus de ma grossière nature.

Ce qu'ils disaient me prouva clair comme le jour que le dévouement était leur pain quotidien et que le sacrifice leur était aussi nécessaire que l'air et l'eau. Voyant que je ne mangeais pas, mademoiselle Préfère fit mille efforts pour vaincre ce qu'elle était assez bonne pour nommer ma discrétion. Jeanne n'était pas de la fête parce que, me dit-on, sa présence, contraire au règlement, aurait blessé l'égalité si nécessaire à maintenir entre tant de jeunes élèves.

La servante, désolée, servit un maigre dessert, et disparut comme une ombre.

Alors, mademoiselle Préfère raconta à maître Mouche avec de grands transports tout ce qu'elle m'avait dit dans la cité des livres, pendant que ma gouvernante était au lit. Son admiration pour un membre de l'Institut, ses craintes de me voir malade et seul, la certitude où elle était qu'une femme intelligente serait heureuse et fière de partager mon existence, elle ne dissimula rien, bien au contraire, elle ajouta de nouvelles folies. Maître Mouche approuvait de la tête en cassant des noisettes. Puis, après tout ce verbiage, il demanda avec un agréable sourire ce que j'avais répondu.

Mademoiselle Préfère, une main sur son cœur et l'autre étendue vers moi, s'écria :

— Il est si affectueux, si supérieur, si bon et si grand! Il a répondu... Mais je ne saurais pas moi, simple femme, répéter les paroles d'un membre de l'Institut : il suffit que je les résume. Il a répondu : « Oui, je vous comprends, et j'accepte. »

Ayant ainsi parlé, elle me prit une main. Maître Mouche se leva, tout ému, et me saisit l'autre main.

— Je vous félicite, monsieur, me dit-il.

J'ai quelquefois eu peur dans ma vie, mais je n'avais jamais éprouvé un effroi d'une nature aussi écœurante.

Je dégageai mes deux mains et, m'étant levé pour donner toute la gravité possible à mes paroles :

— Madame, dis-je, je me serai mal expliqué chez moi ou je vous aurai mal comprise ici. Dans les deux cas, une déclaration nette est nécessaire. Permettez-moi, madame, de la faire tout uniment. Non, je ne vous ai pas comprise; non je n'ai rien accepté; j'ignore absolument quel peut être le parti que vous avez en vue pour moi, si toutefois vous en avez un. Dans tous les cas, je ne veux pas me marier. Ce serait à mon âge une impardonnable folie et je ne puis pas encore, à l'heure qu'il est, me figurer qu'une personne de sens, comme vous, ait pu me donner le conseil de me marier. J'ai même tout lieu de croire que je me trompe, et que vous ne m'avez rien dit de semblable.

Dans ce cas, vous excuserez un vieillard déshabitué du monde, peu fait au langage des dames et désolé de son erreur.

Maître Mouche se rassit tout doucement à sa place où, faute de noisettes, il tailla un bouchon.

Mademoiselle Préfère, m'ayant considéré pendant quelques instants avec de petits yeux ronds et secs que je ne lui connaissais pas encore, reprit sa douceur et sa grâce ordinaires. C'est d'une voix mielleuse qu'elle s'écria :

— Ces savants! ces hommes de cabinet! ils sont comme des enfants. Oui, monsieur Bonnard, vous êtes un véritable enfant.

Puis, se tournant vers le notaire, qui se tenait coi, le nez sur son bouchon :

— Oh! ne l'accusez pas! lui dit-elle d'une voix suppliante. Ne l'accusez pas! Ne pensez pas de mal de lui, je vous en prie. N'en pensez pas! Faut-il vous le demander à genoux?

MAITRE MOUCHE SE LEVA TOUT EMU.

Maître Mouche examina son bouchon sur toutes ses faces, sans s'expliquer autrement.

J'étais indigné; à en juger à la chaleur que je sentais à la tête, mes joues devaient être extrêmement rouges. Cette circonstance me fait comprendre les paroles que j'entendis alors à travers le bourdonnement de mes tempes :

— Il m'effraie, notre pauvre ami. Monsieur Mouche, veuillez ouvrir la fenêtre. Il me semble qu'une compresse d'arnica lui ferait du bien.

Je m'enfuis dans la rue avec un indicible sentiment de dégoût et d'effroi.

20 décembre.

Je fus huit jours sans entendre parler de l'institution Préfère. Ne pouvant rester plus longtemps sans nouvelles de Jeanne et songeant d'ailleurs que je me devais à moi-même de ne pas quitter la place, je pris le chemin des Ternes.

Le parloir me sembla plus froid, plus humide, plus inhospitalier, plus insidieux et la servante plus effarée, plus silencieuse que jamais. Je demandai Jeanne et ce fut, après un assez long temps, mademoiselle Préfère qui se montra, grave, pâle, les lèvres minces, les yeux durs.

— Monsieur, je regrette vivement, me dit-elle en croisant les bras sous sa pèlerine, de ne pouvoir vous permettre de voir aujourd'hui mademoiselle Alexandre; mais cela m'est impossible.

— Et pourquoi donc?

— Monsieur, les raisons qui m'obligent à vous demander de rendre vos visites ici moins fréquentes sont d'une nature particulièrement délicate et je vous prie de m'épargner la contrariété de les dire.

— Madame, répondis-je, je suis autorisé par le tuteur de Jeanne à voir sa pupille tous les jours. Quelles raisons pouvez-vous avoir de vous mettre en travers des volontés de monsieur Mouche?

— Le tuteur de mademoiselle Alexandre (et elle pesait sur ce nom de tuteur comme sur un point d'appui solide) souhaite aussi vivement que moi de voir la fin de vos assiduités.

— Veuillez, s'il en est ainsi, me donner ses raisons et les vôtres.

Elle contempla la petite spirale de papier et répondit avec un calme sévère :

— Vous le voulez? Bien qu'une telle explication soit pénible pour une femme, je cède à vos exigences. Cette maison, monsieur, est une maison honorable. J'ai ma responsabilité : je dois veiller comme une mère sur chacune de mes élèves. Vos assiduités auprès de mademoiselle Alexandre ne pourraient se prolonger sans nuire à cette jeune fille. Mon devoir est de les faire cesser.

— Je ne vous comprends pas, répondis-je.

Et c'était bien la vérité. Elle reprit lentement :

— Vos assiduités dans cette maison sont interprétées par les personnes les plus respectables et les moins soupçonneuses d'une telle façon que je dois, dans l'intérêt de mon établissement et dans l'intérêt de mademoiselle Alexandre, les faire cesser au plus vite.

— Madame, m'écriai-je, j'ai entendu bien des sottises dans ma vie, mais aucune qui soit comparable à celle que vous venez de dire!

Elle me répondit simplement :

— Vos injures ne m'atteignent pas. On est bien forte quand on accomplit un devoir.

Et elle pressa sa pèlerine contre son cœur, non plus cette fois pour contenir, mais sans doute pour caresser ce cœur généreux.

— Madame, dis-je, en la marquant du doigt, vous avez soulevé l'indignation d'un vieillard. Faites en sorte que ce vieillard vous oublie, et n'ajoutez pas de nouveaux méfaits à ceux que je découvre. Je vous avertis que je ne cesserai pas de veiller sur mademoiselle Alexandre. Si vous la violentez en quoi que ce soit, malheur à vous!

Elle devenait plus tranquille à mesure que je m'animais et c'est avec un beau sang-froid qu'elle me répondit :

— Monsieur, je suis trop éclaircie sur la nature de l'intérêt que vous portez à cette jeune fille pour ne pas la soustraire à cette surveillance dont vous me menacez. J'aurais dû, voyant l'intimité plus qu'équivoque dans laquelle vous vivez avec votre gouvernante, épargner votre contact à une innocente enfant. Je le ferai à l'avenir. Si j'ai été jusqu'ici trop confiante, ce n'est pas vous, c'est mademoiselle Alexandre qui peut me le reprocher; mais elle est trop naïve, trop pure, grâce à moi, pour soupçonner la nature du péril que vous lui avez fait courir. Vous ne m'obligerez pas, je suppose, à l'en instruire.

« Allons, me dis-je en haussant les épaules, il fallait, mon pauvre Bonnard, que tu vécusses jusqu'à présent pour apprendre exactement ce que c'est qu'une méchante femme. A présent, ta science est complète à cet égard. »

Je sortis sans répondre, et j'eus le plaisir de voir, à la subite rougeur de la maîtresse de pension, que mon silence la touchait beaucoup plus que n'avaient fait mes paroles.

Je traversai la cour en regardant de tous côtés si je n'apercevrais pas Jeanne. Elle me guettait; elle courut à moi.

— Si on touche à un de vos cheveux, Jeanne, écrivez-moi. Adieu.

— Non! pas adieu!

Je répondis :

— Non! Non! pas adieu. Écrivez-moi.

J'allai tout droit chez madame de Gabry.

— Madame est à Rome, avec monsieur. Monsieur ne le savait donc pas?

— Si fait! répondis-je, madame me l'a écrit.

Elle me l'avait écrit en effet et il fallait que j'eusse un peu perdu la tête pour l'oublier. Ce fut l'opinion du domestique, car il me regarda d'un air qui disait : « Monsieur Bonnard est tombé en enfance », et il se pencha sur la rampe de l'escalier pour voir si je ne me livrerais pas à quelque action extraordinaire. Je descendis raisonnablement les degrés et il se retira désappointé.

En rentrant chez moi, j'appris que M. Gélis était dans le salon. Ce jeune homme me fréquente assidument. Il n'a certes pas le jugement sûr, mais son esprit n'est pas banal. Cette fois sa visite ne laissa pas que de m'embarrasser. Hélas! pensai-je, je vais dire à mon jeune ami quelque sottise et il trouvera aussi que je baisse. Je ne puis pourtant pas lui expliquer que j'ai été demandé en mariage et traité d'homme sans mœurs, que Thérèse est soupçonnée et que Jeanne reste au pouvoir de la femme la plus scélérate de la terre. Je suis vraiment en bel état pour parler des abbayes cistercines avec un jeune et malveillant érudit. Allons, pourtant, allons!...

Mais Thérèse m'arrêta :

— Comme vous êtes rouge, monsieur! me dit-elle d'un ton de reproche.

— C'est le printemps, lui répondis-je.

Elle se récria :

— Le printemps au mois de décembre? Nous sommes en effet au mois de décembre. Ah! quelle tête est la mienne

MADAME, DIS-JE, EN LA MARQUANT DU DOIGT.

et le bel appui qu'a en moi la pauvre Jeanne !

— Thérèse, prenez ma canne et mettez-la, s'il se peut, dans un endroit où on la retrouve.

— Bonjour, monsieur Gélis. Comment vous portez-vous ?

Sans date

Le lendemain le bonhomme voulut se lever; il ne le put pas. Elle était rude, la main invisible qui le tenait étendu sur son lit. Le bonhomme, exactement cloué, se résigna à ne pas bouger, mais ce furent ses idées qui trottèrent.

Il fallait qu'il eût une forte fièvre, car mademoiselle Préfère, les abbés de Saint-Germain des Prés et le maître d'hôtel de madame de Gabry, lui apparaissaient sous des formes fantastiques. Le maître d'hôtel notamment s'allongeait sur sa tête en grimaçant comme une gargouille de cathédrale. J'avais l'idée qu'il y avait beaucoup de monde, beaucoup trop de monde dans ma chambre.

Cette chambre est meublée à l'antique; le portrait de mon père en grand uniforme et celui de ma mère en robe de cachemire pendent au mur sur une tapisserie de papier à ramages verts. Je le sais et je sais même que tout cela est bien fané. Mais la chambre d'un vieil homme n'a pas besoin d'être coquette; il suffit qu'elle soit propre et Thérèse y pourvoit. Celle-ci est, de plus, assez imagée pour plaire à mon esprit resté un peu enfantin et musard. Il y a, aux murs et sur les meubles, des choses qui d'ordinaire me parlent et m'égaient. Mais que me veulent aujourd'hui toutes ces choses? Elles sont devenues criardes, grimaçantes et menaçantes. Cette statuette, moulée sur une des Vertus théologales de Notre-Dame de Brou, si ingénue et si gracieuse dans son état naturel, fait maintenant des contorsions et me tire la langue. Et cette belle miniature, dans laquelle un des plus suaves élèves de Jehan Fouquet s'est représenté, ceint de la cordelière des fils de Saint-François, offrant à genoux son livre au bon duc d'Angoulême, qui donc l'a ôtée de son cadre, pour mettre à la place une grosse tête de chat qui me regarde avec des yeux phosphorescents? Les ramages du papier sont devenus aussi des têtes, des têtes vertes et difformes... Non pas, ce sont bien, aujourd'hui comme il y a vingt ans, des feuillages imprimés et pas autre chose... Non, je disais bien, ce sont des têtes avec des yeux, un nez, une bouche, des têtes!... Je comprends : ce sont à la fois des têtes et des feuillages. Je voudrais bien ne pas les voir.

Là, à ma droite, la jolie miniature du franciscain est revenue, mais il me semble que je la retiens par un accablant effort de ma volonté et que, si je me lasse, la vilaine tête de chat va reparaître. Je n'ai pas le délire : je vois bien Thérèse au pied de mon lit; j'entends bien qu'elle me parle, et je lui répondrais avec une parfaite lucidité si je n'étais pas occupé à maintenir dans leur figure naturelle tous les objets qui m'entourent.

Voici venir le médecin. Je ne l'avais pas demandé; mais j'ai plaisir à le voir. C'est un vieux voisin à qui j'ai été de peu de profit, mais que j'aime beaucoup. Si je ne lui dis pas grand'chose, j'ai du moins toute ma connaissance et même je suis singulièrement rusé, car j'épie ses gestes, ses regards, les moindres plis de son visage. Il est fin, le docteur, et je ne sais vraiment pas ce qu'il pense de mon état. Le mot profond de Gœthe me revient à l'esprit et je dis :

— Docteur, le vieil homme a consenti à être malade; mais il n'en accordera pas davantage pour cette fois à la nature.

Ni le docteur ni Thérèse ne rient de ma plaisanterie. Il faut qu'ils ne l'aient pas comprise.

Le docteur s'en va, le jour tombe, et des ombres de toutes sortes se forment et se dissipent comme des nuages dans les plis de mes rideaux. Des ombres passent en foule devant moi ; à travers elles je vois la face immobile de ma fidèle servante. Tout à coup un cri, un cri aigu, un cri de détresse me déchire les oreilles. Est-ce vous, Jeanne, qui m'appelez ?

Le jour est tombé, et les ombres s'installent à mon chevet pour toute la longue nuit.

A l'aube, je sens une paix, une paix immense m'envelopper tout entier. Est-ce votre sein que vous m'ouvrez, Seigneur mon Dieu?

Février 186...

Le docteur est tout à fait jovial. Il paraît que je lui fais beaucoup d'honneur en me tenant debout. A l'entendre, des maux sans nombre ont fondu ensemble sur mon vieux corps.

Ces maux, effroi de l'homme, ont des noms, effroi du philologue. Ce sont des noms hybrides, mi-grecs, mi-latins, avec des désinences en *ite* indiquant l'état inflammatoire et en *algie*, exprimant la douleur. Le docteur me les débite avec un nombre suffisant d'adjectifs en *ique*, destinés à en caractériser la détestable qualité. Bref une bonne colonne du Dictionnaire de médecine

— Touchez là, docteur Vous m'avez rendu à la vie, je vous pardonne. Vous m'avez rendu à mes amis, je vous en remercie. Je suis solide, dites-vous. Sans doute, sans doute; mais j'ai beaucoup duré. Je suis un vieux meuble fort comparable au fauteuil de mon père. C'était un fauteuil que cet homme de bien tenait d'héritage et dans lequel il s'asseyait du matin au soir. Vingt fois le jour, je me perchais, en bambin que j'étais, sur le bras de ce siège antique. Tant qu'il tint bon, on n'y prit point garde. Mais il se mit à boiter d'un pied, et on commença à dire que c'était un bon fauteuil. Il boita ensuite de trois pieds, grinça du quatrième et devint presque manchot des deux bras. C'est alors qu'on s'écria : « Quel solide fauteuil! » On admirait que, n'ayant pas un bras vaillant et pas une jambe d'aplomb, il gardât figure de fauteuil, se tînt à peu près debout et fît encore quelque service. Le crin lui sortit du corps, il rendit l'âme. Et quand Cyprien, notre domestique, lui scia les membres pour le mettre au bûcher, les cris d'admiration redoublèrent : « L'excellent, le merveilleux fauteuil! Il fut à l'usage de Pierre-Sylvestre Bonnard, marchand drapier, d'Épiménide Bonnard son fils et de Jean-Baptiste Bonnard, chef de la 3e division maritime et philosophe pyrrhonien. Quel vénérable et robuste fauteuil! » En réalité c'était un fauteuil mort. Eh bien, docteur, je suis ce fauteuil. Vous me jugez solide parce que j'ai résisté à des assauts qui auraient tué tout à fait bon nombre de gens et qui ne m'ont tué, moi, qu'aux trois quarts. Grand merci. Je n'en suis pas moins

LES RAMAGES DU PAPIER SONT DEVENUS AUSSI DES TÊTES.

quelque chose d'irrémédiablement avarié.

Le docteur veut me prouver, à l'aide de grands mots grecs et latins, que je suis en bon état. Le français est trop clair pour une démonstration de ce genre. Toutefois je consens à être persuadé et je le reconduis jusqu'à ma porte.

— A la bonne heure! me dit Thérèse, voilà comme il faut mettre dehors les médecins. Pour peu que vous vous y preniez encore deux ou trois fois de cette manière, il n'y reviendra plus, et ce sera bien fait.

— Eh bien, Thérèse, puisque je suis redevenu un si vaillant homme, ne me refusez plus mes lettres. Il y en a un bon paquet sans doute, et ce serait une méchanceté de m'empêcher plus longtemps de les lire.

Thérèse, après quelques façons, me donna mes lettres. Mais, à quoi bon? j'ai regardé toutes les enveloppes et aucune n'est écrite par cette petite main que je voudrais voir ici, feuilletant le Vecellio. J'ai rejeté tout le paquet qui ne me dit plus rien.

Avril-Juin.

L'affaire a été chaude.

— Attendez, monsieur, que j'aie mis mes nippes propres, m'a dit Thérèse, et cette fois, encore, je sortirai avec vous; je prendrai votre pliant, comme j'ai fait ces derniers jours, et nous irons nous mettre au soleil.

En vérité, Thérèse me croit infirme. J'ai été malade, sans doute, mais il y a fin à tout. Madame la Maladie s'en est allée, il y a beau temps, et voilà bien trois mois que sa suivante au pâle et gracieux visage, dame Convalescence, m'a fait gentiment ses adieux. Si j'écoutais ma gouvernante, je serais M. Argant tout bonnement, et je me coifferais, pour le reste de mes jours, d'un bonnet de nuit à rubans... Pas de cela! J'entends sortir seul. Thérèse ne l'entend pas. Elle tient mon pliant et veut me suivre.

— Thérèse, nous nous mettrons demain en espalier contre le mur de la petite Provence, tant qu'il vous fera plaisir. Mais aujourd'hui j'ai des affaires qui pressent.

Des affaires! Elle croit qu'il s'agit d'argent et m'explique que rien ne presse.

— Tant mieux! mais il y a d'autres affaires que celles-là, en ce monde.

Je supplie, je gronde, je m'échappe.

Il fait assez beau temps. Moyennant un fiacre et si Dieu ne m'abandonne, je viendrai à bout de mon aventure

Voici le mur qui porte en lettres bleues ces mots : *Pensionnat de demoiselles tenu par mademoiselle Virginie Préfère.* Voici la grille qui s'ouvrirait largement sur la cour d'honneur, si elle s'ouvrait jamais. Mais la serrure en est rouillée et des lames de tôle, appliquées aux barreaux, protègent contre les regards indiscrets les petites âmes auxquelles mademoiselle Préfère enseigne sans nul doute la modestie, la sincérité, la justice et le désintéressement Voici une fenêtre grillée dont les carreaux barbouillés révèlent les communs, œil terne, seul ouvert sur le monde extérieur.

Quant à la petite porte bâtarde par laquelle je suis tant de fois entré et qui m'est désormais interdite, je la retrouve avec son judas grillé. Le degré de pierre qui y conduit est usé, et, sans avoir de trop bons yeux sous mes lunettes, je vois sur la pierre les petites lignes blanches qu'ont faites en passant les semelles ferrées des écolières. Ne puis-je donc y passer à mon tour? Il me semble que Jeanne souffre dans cette maison maussade, et qu'elle m'appelle en secret. Je ne puis m'éloigner L'inquiétude me prend : je sonne. La servante effarée vient m'ouvrir, plus effarée que jamais. La consigne est donnée, je ne puis voir mademoiselle Jeanne. Je demande au moins de ses nouvelles. La servante, après avoir regardé de droite et de gauche, me dit qu'elle va bien et me referme la porte au nez. Me voilà de nouveau dans la rue.

Et depuis, que de fois j'ai erré ainsi, sous ce mur, et passé devant la petite porte, honteux, désespéré d'être plus faible moi-même que l'enfant qui n'a en ce monde d'appui que le mien!

10 juin.

J'ai surmonté ma répugnance et suis allé voir maître Mouche. Je remarque tout d'abord que l'étude est plus poudreuse et plus moisie que l'an passé. Le notaire m'apparaît avec ses gestes étroits et ses prunelles agiles sous les lunettes. Je lui fais mes plaintes. Il me répond... Mais à quoi bon fixer, même dans un cahier qui doit être brûlé, le souvenir d'un plat coquin? Il donne raison à mademoiselle Préfère dont il a depuis longtemps apprécié l'esprit et le caractère. Sans vouloir se prononcer sur le fond du débat, il doit dire que les apparences ne me sont pas favorables. Cela me touche peu. Il ajoute (et cela me touche davantage) que la faible somme qu'il avait entre les mains pour l'éducation de sa pupille se trouve épuisée et qu'en cette circonstance il admire vivement le désintéressement de mademoiselle Préfère qui consent à garder près d'elle mademoiselle Jeanne

Une magnifique lumière, la lumière d'un beau jour verse ses ondes incorruptibles dans ce lieu sordide et éclaire cet homme. Au dehors, elle répand sa splendeur sur toutes les misères d'un quartier populeux.

LE DOCTEUR VEUT ME PROUVER QUE JE SUIS EN BON ÉTAT.

Qu'elle est douce, cette lumière dont mes yeux s'emplissent depuis si longtemps, et dont je ne jouirai bientôt plus! je m'en vais, songeur, les mains derrière le dos, le long des fortifications, et je me trouve, sans savoir comment, dans des faubourgs perdus, plantés de maigres jardins. Sur le bord d'un chemin poudreux, je rencontre une plante dont la fleur à la fois éclatante et sombre semble faite pour s'associer aux deuils les plus nobles et les plus purs. C'est une ancolie. Nos pères la nommaient le gant de Notre-Dame. Une Notre-Dame qui se ferait toute petite, pour apparaître à des enfants, pourrait seule glisser ses doigts mignons dans les étroites capsules de cette fleur.

Voici un gros bourdon qui s'y fourre brutalement; sa bouche ne peut atteindre au nectar et le gourmand s'efforce en vain. Il renonce enfin et sort tout barbouillé de pollen. Il a repris son vol lourd; mais les fleurs sont rares dans ce faubourg souillé par la suie des usines. Il revint à l'ancolie et, cette fois, il perce la corolle et suce le nectar à travers l'ouverture qu'il a faite; je n'aurais pas cru qu'un bourdon eût tant de sens. Cela est admirable. Les insectes et les fleurs m'émerveillent davantage à mesure que je les observe mieux. Je suis comme le bon Rollin que les fleurs de ses pêchers ravissaient. Je voudrais bien avoir un beau jardin, et vivre à l'orée d'un bois.

Août-Septembre.

J'eus l'idée de venir, un dimanche matin, épier le moment où les élèves de mademoiselle Préfère vont en file à la messe paroissiale. Je les vis passer deux par deux, les petites en tête, avec des mines sérieuses. Il y en avait trois, semblablement vêtues, courtes, rondes, importantes, que je reconnus pour être les demoiselles Mouton. Leur sœur aînée est l'artiste qui dessina la terrible tête de Tatius, roi des Sabins. Au flanc de la colonne, la sous maîtresse, un paroissien à la main, s'agitait et fronçait les sourcils. Les moyennes, puis les grandes, passèrent en chuchotant. Mais je ne vis pas Jeanne.

J'ai demandé au ministère de l'Instruction publique s'il n'y avait pas au fond de quelque carton des notes sur l'institution de la rue Demours. J'ai obtenu qu'on y envoyât des inspectrices. Elles sont revenues apportant les meilleures notes. La pension Préfère est à leur avis une pension modèle. Si je provoque une enquête, il est certain que mademoiselle Préfère recevra les palmes académiques.

3 octobre.

Ce jeudi étant jour de sortie, je rencontrai, aux abords de la rue Demours, les trois petites demoiselles Mouton. Ayant salué leur mère, je demandai à l'aînée, qui peut avoir douze ans, comment se portait mademoiselle Jeanne Alexandre, sa compagne.

La petite demoiselle Mouton me répondit tout d'un trait :

— Jeanne Alexandre n'est pas ma compagne. Elle est dans la pension par charité, alors on lui fait balayer la classe. C'est mademoiselle qui l'a dit.

Les trois petites demoiselles se remirent en marche et madame Mouton les suivit de près, en me jetant, par-dessus sa large épaule, un regard de défiance.

Hélas! je suis réduit à des démarches suspectes. Madame de Gabry ne reviendra à Paris que dans trois mois au plus tôt. Loin d'elle, je n'ai ni tact, ni esprit; je ne suis qu'une lourde, incommode et nuisible machine.

Et je ne puis pourtant souffrir que Jeanne, servante de pensionnat, demeure exposée aux offenses de M. Mouche.

28 décembre.

Le temps était noir et froid. Il faisait déjà nuit. Je sonnai à la petite porte avec la tranquillité d'un homme qui ne craint plus rien. Dès que la servante timide m'eut ouvert, je lui glissai une pièce d'or dans la main et lui en promis une autre si elle parvenait à me faire voir mademoiselle Alexandre. Sa réponse fut :

— Dans une heure, à la fenêtre grillée.

Et elle me referma la porte au nez si rudement que mon chapeau en trembla sur ma tête.

J'attendis une longue heure dans des tourbillons de neige, puis je m'approchai de la fenêtre. Rien! Le vent faisait rage et la neige tombait dru. Les ouvriers qui passaient près de moi, leurs outils à l'épaule, tête basse sous les flocons épaissis, me heurtaient. Rien. Je craignais qu'on ne me remarquât. Je savais avoir mal fait en soudoyant une servante, mais je n'en avais nul regret. Celui là est méprisable qui ne sait sortir au besoin de la règle commune. Un quart d'heure se passa. Rien. Enfin, la fenêtre s'entr'ouvrit.

— C'est vous, monsieur Bonnard?

— C'est vous, Jeanne? En un mot que devenez-vous?

— Je vais bien, très bien!

— Mais encore?

— On m'a mise dans la cuisine et je balaye les salles.

ENFIN, LA FENÊTRE S'ENTR'OUVRIT.

— Dans la cuisine! balayeuse, vous! Bonté divine!

— Oui, parce que mon tuteur ne paye plus ma pension.

— Votre tuteur est un misérable.

— Vous savez donc?...

— Quoi?

— Oh! ne me faites pas dire cela. Mais j'aimerais mieux mourir que de me trouver seule avec lui.

— Et pourquoi ne m'avez-vous pas écrit?

— J'étais surveillée.

En ce moment, ma résolution était prise et rien ne pouvait plus m'en faire changer. Il me vint bien à l'idée que je pouvais ne pas être dans mon droit, mais je me moquai bien de cette idée. Étant résolu, je fus prudent. J'agis avec un calme remarquable.

— Jeanne, demandai-je, cette chambre où vous êtes, communique-t-elle avec la cour?

— Oui

— Pouvez-vous tirer vous-même le cordon?

— Oui, s'il n'y a personne dans la loge.

— Allez voir, et tâchez qu'on ne vous voie pas.

J'attendis, surveillant la porte et la fenêtre.

Jeanne reparut derrière les barreaux au bout de cinq ou six secondes, enfin!

— La bonne est dans la loge, me dit-elle.

— Bien, dis-je. Avez-vous une plume et de l'encre?

— Non.

— Un crayon?

— Oui.

— Passez-le-moi.

Je tirai de ma poche un vieux journal et, sous le vent qui soufflait à éteindre les lanternes, dans la neige qui m'aveuglait, j'arrangeai de mon mieux autour de ce journal une bande à l'adresse de mademoiselle Préfère.

Tout en écrivant, je demandai à Jeanne :

— Quand le facteur passe, il met les lettres et les papiers dans la boîte, il sonne? La bonne ouvre la boîte et va porter tout de suite à mademoiselle Préfère ce qu'elle y a trouvé? N'est-ce pas ainsi que cela se passe à chaque distribution?

Jeanne me dit qu'elle croyait que cela se passait ainsi.

— Nous verrons bien. Jeanne, guettez encore, et dès que la bonne aura quitté la loge, tirez le cordon et venez dehors.

Ayant dit, je glissai mon journal dans la boîte, sonnai roide et m'allai cacher dans l'embrasure d'une porte voisine.

J'y étais depuis quelques minutes quand la petite porte tressaillit, puis s'entr'ouvrit et une jeune tête passa a travers. Je la pris, je l'attirai à moi.

— Venez, Jeanne, venez.

Elle me regardait avec inquiétude. Certainement elle craignait que je ne fusse fou. J'étais, au contraire, plein de sens.

— Venez, venez, mon enfant.

— Où?

— Chez madame de Gabry.

Alors elle me prit le bras. Nous courûmes quelque temps comme des voleurs. La course n'est pas ce qui convient à ma corpulence. M'arrêtant à demi suffoqué, je m'appuyai à quelque chose qui se trouva être la poêle d'un marchand de marrons établi au coin d'un débit de vin où buvaient des cochers. Un de ceux-ci nous demanda s'il ne nous fallait pas une voiture. Certes! il nous en fallait une. L'homme au fouet, ayant posé son verre sur le comptoir d'étain, monta sur son siège et poussa son cheval en avant. Nous étions sauvés.

— Ouf! m'écriai-je, en m'épongeant le front, car, malgré le froid, je suais à grosses gouttes.

Ce qui est étrange, c'est que Jeanne semblait avoir plus que moi conscience de l'acte que nous venions de commettre. Elle était très sérieuse et visiblement inquiète.

— Dans la cuisine! m'écriai-je avec indignation.

Elle secoua la tête comme pour dire : « Là ou ailleurs, que m'importe! » Et, à la lueur des lanternes, je remarquai avec douleur que son visage était maigre et ses traits tirés. Je ne lui trouvai plus cette vivacité, ces brusques élans, cette rapide expression qui m'avaient tant plu en elle. Ses regards étaient lents, ses gestes contraints, son attitude morne. Je lui pris la main : une main durcie, endolorie et froide. La pauvre enfant avait bien souffert. Je l'interrogeai; elle me raconta tranquillement que mademoiselle Préfère l'avait fait appeler un jour et l'avait traitée de monstre et de petite vipère, sans qu'elle sût pourquoi.

Elle ajouta : « Vous ne reverrez plus monsieur Bonnard qui vous donnait de mauvais conseils et qui s'est fort mal conduit à mon égard. » Je lui dis : « Cela, mademoiselle, je ne le croirai jamais. » Mademoiselle me donna un soufflet et me renvoya à l'étude. Cette nouvelle que je ne vous verrais plus, ce fut pour moi comme la nuit qui tombe. Vous savez, ces soirs où l'on est triste quand l'ombre vous prend, eh bien! figurez-vous ce moment-là prolongé pendant des semaines, pendant des mois. Un jour j'appris que vous étiez au parloir avec la maîtresse, je vous guettai; nous nous sommes dit : « Au revoir. » J'étais un peu consolée. A quelque temps de là, mon tuteur vint me prendre un jeudi Je refusai de sortir avec lui. Il me répondit bien doucement que j'étais une petite capricieuse. Et il me laissa tranquille. Mais, le surlendemain, mademoiselle Préfère vint à moi avec un air si méchant que j'eus peur. Elle tenait une lettre à la main. « Mademoiselle, me dit-elle, votre tuteur m'apprend qu'il a épuisé toutes les sommes qui vous appartenaient. N'ayez pas peur : je ne veux pas vous abandonner, mais vous conviendrez qu'il est juste que vous gagniez votre vie. »

Alors elle m'employa à nettoyer la maison et, quelquefois, elle m'enfermait dans un grenier pendant des journées. Voilà, monsieur, ce qui est arrivé en votre

VENEZ, VENEZ, MON ENFANT

absence, Si j'avais pu vous écrire, je ne sais pas si je l'aurais fait, parce que je ne croyais pas qu'il vous fût possible de me tirer du pensionnat, et, comme on ne me forçait pas à aller voir M. Mouche, rien ne pressait. Je pouvais attendre dans le grenier et dans la cuisine.

— Jeanne, m'écriai-je, dussions-nous fuir jusqu'en Océanie, l'abominable Préfère ne vous reprendra plus. J'en fais un grand serment. Et pourquoi n'irions-nous pas en Océanie? Le climat y est sain et je voyais l'autre jour dans un journal qu'on y a des pianos. En attendant, allons chez madame de Gabry qui, par bonheur, est à Paris depuis trois ou quatre jours; car nous sommes deux innocents et nous avons grand besoin d'aide.

Tandis que je parlais, les traits de Jeanne pâlissaient et s'effaçaient; un voile était sur ses regards, un pli douloureux contracta ses lèvres entr'ouvertes. Elle laissa tomber sa tête sur mon épaule et resta sans connaissance.

Je la pris dans mes bras et la montai dans l'escalier de madame de Gabry comme un petit enfant endormi. Abîmé de fatigue et d'émotion, je m'affaissai avec elle sur la banquette du palier. Là, bientôt, elle se ranima :

— C'est vous! me dit-elle en rouvrant les yeux. Je suis contente.

Nous nous fîmes ouvrir en cet état la porte de notre amie.

Huit heures sonnaient. Madame de Gabry accueillit le vieillard et l'enfant avec bonté. Surprise, elle l'était certainement, mais elle ne nous interrogea pas.

— Madame, lui dis-je, nous venons nous mettre tous deux sous votre protection. Et, avant tout, nous venons vous demander à souper. Jeanne du moins, car elle vient de s'évanouir de faiblesse en voiture. Pour moi, je ne pourrais me mettre un morceau sous la dent à cette heure tardive, sans me préparer une nuit d'agonie. J'espère que monsieur de Gabry se porte bien.

— Il est ici, me dit-elle.

ELLE M'EMPLOYA A NETTOYER LA MAISON.

Et aussitôt elle le fit avertir de notre venue.

J'eus plaisir à voir sa face ouverte et à serrer sa main carrée. Nous passâmes tous quatre dans la salle à manger et pendant qu'on servait à Jeanne de la viande froide, à laquelle elle ne touchait pas, je contai notre affaire. Paul de Gabry me demanda la permission d'allumer sa pipe, puis il m'écouta silencieusement. Quand j'eus fini, il gratta sur ses joues sa barbe courte et drue.

— Sacrebleu! s'écria-t-il, vous vous êtes mis dans de jolis draps, monsieur Bonnard!

Puis, remarquant Jeanne qui tournait alors de lui à moi ses grands yeux effarés :

— Venez donc, me dit-il.

Je le suivis dans son cabinet où brillaient à la lueur des lampes, sur la tenture sombre, des carabines et des couteaux de chasse. Là, m'entraînant sur un canapé de cuir :

— Qu'avez-vous fait, me dit-il, qu'avez-vous fait, grand Dieu! Détournement de mineure, rapt, enlèvement! Vous vous êtes mis une belle affaire sur les bras. Vous êtes tout bonnement sous le coup de cinq à dix ans de prison.

— Miséricorde! m'écriai-je; dix ans de prison pour avoir sauvé une innocente enfant!

— C'est la loi! répondit M. de Gabry. Je connais assez bien le code, voyez-vous, mon cher monsieur Bonnard, non pas parce que j'ai fait mon droit, mais parce que, étant maire de Lusance, j'ai dû me renseigner moi-même pour renseigner mes administrés. Mouche est un coquin, la Préfère une drôlesse et vous un... je ne trouve pas de mot assez fort

Ayant ouvert sa bibliothèque qui contenait des colliers à chien, des cravaches, des étriers, des éperons, des boîtes de cigares et quelques livres usuels, il prit un code et se mit à le feuilleter.

Crimes et délits... séquestration de personnes, ce n'est pas votre cas... *Enlèvement de mineurs*, nous y sommes... ARTICLE 354. — *Quiconque aura, par fraude ou violence, enlevé ou fait enlever des mineurs, ou les aura entraînés, détournés ou déplacés ou les aura fait entraîner, détourner ou déplacer des lieux où ils étaient mis par ceux à l'autorité ou la direction desquels ils étaient soumis ou confiés, subira la peine de la réclusion. Voir code pénal, 21 et 28... 21. — La durée de la réclusion sera au moins de cinq années... 28. — La condamnation à la réclusion emporte la dégradation civique.* C'est bien clair, n'est-ce pas, monsieur Bonnard?

— Parfaitement clair.

Continuons ARTICLE 356. — *Si le ravisseur n'avait pas encore vingt et un ans, il ne sera puni que d'un...* Cela ne nous regarde pas. ARTICLE 357. — *Dans le cas où le ravisseur aurait épousé la fille qu'il a enlevée, il ne pourra être poursuivi que sur la plainte des personnes qui, d'après le code civil, ont le droit de demander la nullité du mariage, ni condamné qu'après que la nullité du mariage aura été prononcée.* Je ne sais pas s'il est dans vos projets d'épouser mademoiselle Alexandre. Vous voyez que le code est bon enfant et qu'il vous ouvre une porte de ce côté-là. Mais j'ai tort de plaisanter, car votre situation est mauvaise. Comment un homme comme vous a-t-il pu s'imaginer qu'on pouvait à Paris, au XIXe siècle, enlever impunément une jeune fille? Nous ne sommes plus au moyen âge, et le rapt n'est plus permis.

— Ne croyez pas, répondis-je, que le rapt fût permis dans l'ancien droit. Vous trouverez dans Baluze un décret rendu par le roi Childebert à Cologne, en 593 ou 94, sur cette matière. Qui ne sait, d'ailleurs, que la fameuse ordonnance de Blois, de mai 1579, dispose formellement que ceux qui se trouveront avoir suborné fils ou fille mineurs de vingt-cinq ans, sous prétexte de mariage ou autre couleur, sans le gré, vouloir ou consentement exprès des père, mère et des tuteurs seront punis de mort? *Et pareillement*, ajoute l'ordonnance, *et pareillement, seront punis extraordinairement tous ceux qui auront participé audit rapt, et qui auront prêté conseil, confort et aide en aucune manière que ce soit.* Ce sont là ou peu s'en faut, les propres termes de l'ordonnance. Quant à cet article du code Napoléon que vous venez de me faire connaître, et qui excepte des poursuites le ravisseur marié à la demoiselle qu'il a enlevée, il me rappelle que d'après la coutume de Bretagne, le rapt suivi de mariage n'était pas puni Mais cet usage qui causa des abus fut supprimé vers 1720

» Je vous donne cette date comme exacte à dix ans près Ma mémoire n'est plus très bonne, et le temps n'est plus où je pouvais réciter par cœur, sans prendre haleine, quinze cents vers de Girart de Roussillon.

» Pour ce qui est du capitulaire de Charlemagne qui règle la compensation du rapt, si je ne vous en parle pas, c'est parce qu'il est assurément présent à votre mémoire Vous voyez donc bien, mon cher monsieur de Gabry, que le rapt fut considéré comme un crime punissable sous les trois dynasties de la vieille France. On a bien tort si l'on croit que le moyen âge était un temps de chaos. Persuadez-vous, au contraire...

M de Gabry m'interrompit :

— Vous connaissez, s'écria-t-il, l'ordonnance de Blois, Baluze, Childebert et les Capitulaires, et vous ne connaissez pas le Code Napoléon!

Je lui répondis qu'en effet je n'avais jamais lu ce code, et il parut surpris.

— Comprenez-vous maintenant, ajouta-t-il, la gravité de l'action que vous avez commise?

En vérité, je ne la comprenais pas encore. Mais, peu à peu, par l'effet des représentations très sensées de M. Paul, j'arrivai à sentir que je serais jugé, non sur mes intentions qui étaient innocentes, mais sur mon action qui était condamnable. Alors je me désespérai et me lamentai.

— Que faire? m'écriai-je, que faire? Suis-je donc perdu sans ressource et ai-je donc perdu avec moi la pauvre enfant que je voulais sauver?

M. de Gabry bourra silencieusement sa pipe et l'alluma avec tant de lenteur que son bon et large visage resta pendant trois ou quatre minutes rouge comme celui d'un forgeron au feu de sa forge. Puis :

— Vous me demandez que faire : ne faites rien, mon cher monsieur Bonnard. Pour l'amour de Dieu et dans votre intérêt, ne faites rien du tout. Vos affaires sont assez mauvaises; ne vous en mêlez plus, de peur d'un nouveau dommage Mais promettez-moi de répondre de tout ce que je ferai. J'irai dès demain matin voir monsieur Mouche, et s'il est ce que nous croyons, c'est-à-dire un gredin, je trouverai bien, quand le diable s'en mêlerait, un moyen de le rendre inoffensif. Car tout dépend de lui. Comme il est trop tard ce soir pour reconduire mademoiselle Jeanne à son pensionnat, ma femme gardera cette nuit la jeune fille auprès d'elle. Cela constitue bel et bien le délit de complicité, mais nous ôtons ainsi tout caractère équivoque à la situation de la jeune fille. Quant à vous, cher monsieur, retournez vivement au quai Malaquais, et si l'on vient y chercher Jeanne, il vous sera facile de prouver qu'elle n'est pas chez vous.

Pendant que nous parlions ainsi, madame de Gabry prenait des arrangements pour coucher sa pensionnaire. Je vis passer dans un couloir sa femme de chambre qui portait sur son bras des draps parfumés de lavande.

— Voilà, dis-je, une honnête et douce odeur.

— Que voulez-vous? me répondit madame de Gabry. Nous sommes des paysans.

— Ah! lui répondis-je, puissé-je devenir aussi un paysan! puissé-je, un jour, comme vous à Lusance, respirer d'agrestes senteurs, sous un toit perdu dans le feuillage, et, si ce vœu est trop ambitieux pour un vieillard dont la vie s'achève, je désire du moins que mon linceul soit, comme ce linge, parfumé de lavande.

Nous convînmes que je viendrais déjeuner le lendemain. Mais on me défendit expressément de me présenter avant midi. Jeanne, en m'embrassant, me supplia de ne pas la ramener à la pension. Nous nous quittâmes attendris et troublés.

Je trouvai sur mon palier Thérèse en proie à une inquiétude qui la rendait furieuse. Elle ne parla de rien moins que de m'enfermer à l'avenir

Quelle nuit je passai! Je ne fermai pas l'œil un seul instant. Tantôt, je riais comme un gamin du succès de mon aventure; tantôt, je me voyais, avec une angoisse inexprimable, traîné devant les magistrats et répondant sur le banc des accusés du crime que j'avais si naturellement commis. J'étais épouvanté, et pourtant je n'avais ni remords ni regrets. Le soleil, entré dans ma chambre, caressa gaiement le pied de mon lit, et je fis cette prière :

« Mon Dieu, vous qui fîtes le ciel et la rosée, comme il est dit dans Tristan, jugez-moi dans votre équité, non selon mes actes, mais d'après mes intentions, qui furent droites et pures; et je dirai : Gloire à vous dans le ciel et paix sur la terre aux hommes de bonne volonté. Je remets en vos mains l'enfant que j'ai volée! Faites ce que je n'ai su faire; gardez-la de tous ses ennemis, et que votre nom soit béni! »

29 décembre.

Quand j'entrai chez madame de Gabry, je trouvai Jeanne transfigurée.

Avait-elle, comme moi, aux premiers rayons de l'aube, invoqué Celui qui fit le ciel et la rosée? Elle souriait dans une douce quiétude.

Madame de Gabry la rappela pour achever sa coiffure, car cette aimable hôtesse avait voulu arranger de ses mains les cheveux de l'enfant qui lui était confiée. Venu un peu avant l'heure convenue, j'avais interrompu cette gracieuse toilette. Pour me punir, on me fit attendre seul dans le salon. M. de Gabry m'y rejoignit bientôt. Il venait évidemment du dehors, car son front portait encore la marque du chapeau. Son visage exprimait une animation joyeuse. Je ne crus pas devoir lui faire de questions et nous allâmes tous déjeuner. Quand les domestiques eurent achevé leur service, M. Paul, qui gardait son histoire pour le café, nous dit :

— Eh bien! je suis allé à Levallois.

— Vous avez vu maître Mouche? lui demanda vivement madame de Gabry.

— Non! répondit-il, en observant nos visages qui marquaient le désappointement.

Après avoir joui un temps raisonnable de notre inquiétude, l'excellent homme ajouta :

— Maître Mouche n'est plus à Levallois. Maître Mouche a quitté la France. Il y aura après-demain huit jours qu'il a mis la clef sous la porte, emportant l'argent de ses clients, une somme assez ronde. J'ai trouvé l'étude fermée. Une voisine m'a dit la chose avec force malédictions et imprécations. Le notaire n'a pas pris seul le train de sept heures cinquante-cinq; il a enlevé la fille d'un perruquier de Levallois. Le fait m'a été confirmé par le commissaire de police. Vraiment, maître Mouche pouvait-il lever le pied plus à propos? il aurait retardé son coup d'une semaine que, représentant de la société, il vous traînait comme un criminel, monsieur Bonnard, devant les juges. Maintenant nous n'avons plus rien à craindre. A la santé de maître Mouche! s'écria-t-il, en versant de l'armagnac.

Je voudrais vivre longtemps pour me rappeler longtemps cette matinée. Nous étions réunis tous quatre dans la grande salle à manger blanche, autour de la table en chêne ciré. M. Paul avait la joie forte et même un peu rude, et il buvait l'armagnac à longs traits, le brave homme! Madame de Gabry et mademoiselle Alexandre me souriaient d'un sourire qui me paya de mes peines.

Je reçus en rentrant au logis les plus aigres remontrances de Thérèse, qui ne concevait plus rien à ma nouvelle manière de vivre. Il fallait à son avis que monsieur eût perdu le sens.

— Oui, Thérèse, je suis un vieux fou et vous êtes une vieille folle. Cela est certain. Le bon Dieu nous bénisse, Thérèse, et nous donne de nouvelles forces, car nous avons de nouveaux devoirs. Mais laissez-moi m'étendre sur ce canapé, car je ne puis me tenir debout.

15 janvier 186...

— Bonjour, monsieur, me dit Jeanne en m'ouvrant notre porte, tandis que Thérèse, distancée par l'enfant, grognait dans l'ombre du corridor.

— Mademoiselle, je vous prie de me nommer solennellement par mon titre et de me dire : « Bonjour, mon tuteur. »

— C'est donc fait? Quel bonheur! me dit l'enfant, en tapant des mains.

— Cela s'est fait, mademoiselle, dans la salle commune, devant le juge de paix, et vous subirez dès aujourd'hui mon autorité... Vous riez, ma pupille? Je le vois dans vos yeux : il vous passe quelque folle idée par la tête. Encore une lune!

— Oh! non, monsieur... mon tuteur. Je regardais vos cheveux blancs. Ils s'enroulent sur les bords de votre chapeau comme du chèvrefeuille sur un balcon. Ils sont très beaux et je les aime.

— Asseyez-vous, ma pupille, et, s'il est possible, ne dites plus de choses déraisonnables; j'en ai de sérieuses à vous dire. Écoutez-moi : vous ne tenez pas absolument, je pense, à retourner chez mademoiselle Préfère?... Non. Que diriez-vous si je vous gardais ici pour achever votre éducation, jusqu'à ce que... que sais-je? Toujours, comme on dit.

— Oh ! monsieur ! s'écria-t-elle, rouge de bonheur.

Je poursuivis :

— Il y a là, derrière, une petite chambre que ma gouvernante a préparée à votre intention. Vous y remplacerez des bouquins comme le jour succède à la nuit. Allez voir avec Thérèse si cette chambre est habitable. Il est entendu avec madame de Gabry que vous y coucherez ce soir.

Elle y courait déjà ; je la rappelai :

— Jeanne, écoutez-moi encore. Vous vous êtes fait jusqu'ici bienvenir de ma gouvernante qui, comme toutes les vieilles gens, est assez morose de son naturel. Ménagez-la. J'ai cru devoir la ménager moi-même et souffrir ses impatiences. Je vous dirai, Jeanne, respectez-la. Et, en parlant ainsi, je n'oublie pas qu'elle est ma servante et la vôtre : elle ne l'oubliera pas davantage. Mais vous devez respecter en elle son grand âge et son grand cœur. C'est une humble créature qui a longtemps duré dans le bien, elle s'y est endurcie. Souffrez la roideur de cette âme droite. Sachez commander, elle saura obéir. Allez, ma fille, arrangez votre chambre de la façon qui vous semblera le plus convenable pour votre travail et votre repos.

ANTIGONE AIDE NOTRE GOUVERNANTE À ÉPLUCHER LES NAVETS.

Ayant ainsi poussé Jeanne, avec ce viatique, dans son chemin de bonne ménagère, je me mis à lire une revue qui, bien que menée par des jeunes gens, est excellente. Le ton en est rude, mais l'esprit zélé. L'article que je lus passe en précision et en fermeté tout ce qu'on faisait dans ma jeunesse. L'auteur de cet article, M. Paul Meyer, marque chaque faute d'un coup d'ongle incisif.

Nous n'avions pas, nous autres, cette impitoyable justice. Notre indulgence était vaste. Elle allait à confondre le savant et l'ignorant dans la même louange. Pourtant il faut savoir blâmer et c'est là un devoir rigoureux. Je me rappelle le petit Raymond (c'était ainsi qu'on l'appelait). Il ne savait rien ; il avait l'esprit étroitement borné, mais il aimait beaucoup sa mère. Nous nous gardâmes de dénoncer l'ignorance et la stupidité d'un si bon fils, et le petit Raymond, grâce à notre complaisance, parvint à l'Institut. Il n'avait plus sa mère, et les honneurs pleuvaient sur lui. Il était tout-puissant, au grand préjudice de ses confrères et de la science. Mais voici venir mon jeune ami du Luxembourg.

— Bonsoir, Gélis. Vous avez aujourd'hui la mine réjouie. Que vous arrive-t-il, mon cher enfant ?

Il lui arrive qu'il a soutenu très convenablement sa thèse et qu'il est reçu dans un bon rang. C'est ce qu'il m'annonce en ajoutant que mes travaux, dont il fut question incidemment dans le cours de la séance, ont été, de la part des professeurs de l'École, l'objet d'un éloge sans réserve.

Voilà qui va bien, répondis-je, et je suis heureux, Gélis, de voir ma vieille réputation associée à votre jeune gloire. Je m'intéressais vivement, vous le savez, à votre thèse ; mais des arrangements domestiques m'ont fait oublier que vous la souteniez aujourd'hui.

Mademoiselle Jeanne vint à point le renseigner au sujet de ces arrangements. L'étourdie entra comme une brise légère dans la cité des livres, et s'écria que sa chambre était une petite merveille. Elle devint toute rouge en voyant M. Gélis. Mais nul ne peut éviter sa destinée.

J'observai que, cette fois, ils furent

timides l'un et l'autre et ne causèrent point entre eux.

Tout beau! Sylvestre Bonnard, en observant votre pupille vous oubliez que vous êtes tuteur. Vous l'êtes de ce matin et cette nouvelle fonction vous impose déjà des devoirs délicats. Vous devez, Bonnard, écarter habilement ce jeune homme, vous devez... Eh! sais-je ce que je dois faire?...

M. Gélis prend des notes dans mon exemplaire unique de *la Ginevera delle clare donne*. J'ai tiré au hasard un livre de la tablette la plus proche; je l'ouvre et j'entre avec respect au milieu d'un drame de Sophocle. En vieillissant, je me prends d'amour pour les deux antiquités, et désormais les poètes de la Grèce et de l'Italie sont, dans la cité des livres, à la hauteur de mon bras. Je lis ce chœur suave et lumineux qui déroule sa belle mélopée au milieu d'une action violente, le chœur des vieillards Thébains « Ἔρως ἀνίκατε... Invincible Amour, ô toi qui fonds sur les riches maisons, qui reposes sur les joues délicates de la jeune fille, qui passes les mers et visites les étables, aucun des immortels ne peut te fuir, ni aucun des hommes qui vivent peu de jours, et qui te possède est en délire. » Et quand j'eus relu ce chant délicieux, la figure d'Antigone m'apparut dans son inaltérable pureté. Quelles images, dieux et déesses qui flottiez dans le plus pur des cieux! Le vieillard aveugle, le roi mendiant qui longtemps erra, conduit par Antigone, a reçu maintenant une sépulture sainte, et sa fille, belle comme les plus belles images que l'âme humaine ait jamais conçues, résiste au tyran et ensevelit pieusement son frère. Elle aime le fils du tyran, et ce fils l'aime. Et tandis qu'elle va au supplice où sa piété l'a conduite, les vieillards chantent :

« Invincible amour, ô toi qui fonds sur les riches maisons, qui reposes sur les joues délicates de la jeune fille... »

Je ne suis pas un égoïste. Je suis sage; il faut que j'élève cette enfant, elle est trop jeune pour que je la marie. Non! je ne suis pas un égoïste, mais il faut que je la garde quelques années avec moi, avec moi seul. Ne peut-elle attendre ma mort? Soyez tranquille, Antigone; le vieil Œdipe trouvera à temps le lieu saint de sa sépulture.

Pour le moment, Antigone aide notre gouvernante à éplucher les navets. Elle dit que cela lui revient comme étant de la sculpture.

Mai.

Qui reconnaîtrait la cité des livres? Il y a maintenant des fleurs sur tous les meubles. Jeanne a raison : ces roses sont fort belles dans ce vase de faïence bleue. Elle accompagne chaque jour Thérèse au marché, et en rapporte des fleurs. Les fleurs sont en vérité de charmantes créatures. Il faudra bien un jour que je suive mon dessein et que je les étudie chez elles, à la campagne, avec tout l'esprit de méthode dont je suis capable.

Et que faire ici? Pourquoi achever de brûler mes yeux sur de vieux parchemins qui ne me disent plus rien qui vaille? Je les déchiffrais jadis, ces anciens textes, avec une ardeur magnanime. Qu'espérais-je donc y trouver alors? La date d'une fondation pieuse, le nom de quelque moine imagier ou copiste, le prix du pain, d'un bœuf ou d'un champ, une disposition administrative ou judiciaire, cela et quelque chose encore, quelque chose de mystérieux, de vague et de sublime qui échauffait mon enthousiasme. Mais j'ai cherché soixante ans sans trouver ce quelque chose. Ceux qui valaient mieux que moi, les maîtres, les grands, les Fauriel, les Thierry qui ont découvert tant de choses sont morts à la tâche sans avoir découvert non plus ce quelque chose qui, n'ayant pas de corps, n'a pas de nom, et sans lequel pourtant aucune œuvre de l'esprit ne serait entreprise sur cette terre. Maintenant que je ne cherche que ce que je puis raisonnablement trouver, je ne trouve plus rien du tout, et il est probable que je n'achèverai jamais l'histoire des abbés de Saint-Germain des Prés.

— Devinez, tuteur, ce que j'apporte dans mon mouchoir?

— Il y a toute apparence que ce sont des fleurs, Jeanne.

— Oh! non, ce ne sont pas des fleurs. Regardez.

Je regarde et je vois une petite tête grise qui sort du mouchoir. C'est celle d'un petit chat gris. Le mouchoir s'ouvre : l'animal saute sur le tapis, se secoue, redresse une oreille, puis l'autre et examine prudemment le lieu et les personnes.

Le panier au bras, Thérèse arrive, hors d'haleine. Son défaut n'est pas de dissimuler, elle reproche véhémentement à mademoiselle d'apporter dans la maison un chat qu'elle ne connaît pas. Jeanne, pour se justifier, raconte l'aventure. Passant avec Thérèse devant la boutique d'un pharmacien, elle voit un apprenti qui envoie d'un grand coup de pied un petit chat dans la rue. Le chat, surpris et incommodé, se demande s'il restera dans la rue malgré les passants qui le bousculent et l'effrayent ou s'il rentrera dans la boutique au risque d'en sortir de nouveau au bout d'un soulier. Jeanne estime que sa position est critique et comprend qu'il hésite. Il a l'air stupide; elle pense que c'est l'indécision qui lui donne cet air. Elle le prend dans ses bras. Et n'étant à son aise ni dehors ni dedans, il consent à rester en l'air. Tandis qu'elle achève de le rassurer par des caresses, elle dit à l'apprenti pharmacien :

— Si cette bête vous déplait, il ne faut pas la battre; il faut me la donner.

— Prenez-la, répond le potard.

— Voilà!... ajoute Jeanne en matière de conclusion.

Et elle se fait une voix flûtée pour promettre au minet toutes sortes de douceurs.

— Il est bien maigre, dis-je, en examinant ce pitoyable animal; de plus, il est bien laid.

Jeanne ne le trouve pas laid, mais elle reconnaît qu'il a l'air plus stupide que jamais; ce n'est pas cette fois l'indécision, c'est la surprise qui, selon elle, imprime ce fâcheux caractère à sa physionomie. Si nous nous mettions à sa place, pense-t-elle, nous conviendrons qu'il lui est impossible de rien comprendre à son aventure. Nous rions au nez de la pauvre bête qui garde un sérieux comique. Jeanne veut le prendre dans ses bras, mais il se cache sous la table et n'en sort pas même à la vue d'une soucoupe pleine de lait.

Nous nous éloignons, la soucoupe est vide.

— Jeanne, dis-je, votre protégé a une triste mine; il est d'un naturel sournois; je souhaite qu'il ne commette pas dans la cité des livres des méfaits qui nous obligent à le renvoyer à sa pharmacie. En attendant, il faut lui donner un nom. Je vous propose de le nommer Don Gris de Gouttière; mais cela est peut-être un peu long. Pilule, Drogue ou Ricin serait plus bref et aurait l'avantage de rappeler sa première condition. Qu'en dites-vous?

— Pilule irait bien, me répondit Jeanne, mais est-il généreux de lui donner un nom qui lui rappelle sans cesse les malheurs dont nous l'avons tiré? Ce serait lui faire payer notre hospitalité. Soyons plus gracieux, et donnons-lui un joli nom, dans l'espoir qu'il le mérite. Voyez comme il nous regarde : il voit qu'on s'occupe de lui. Il est déjà moins bête depuis qu'il n'est plus malheureux. Le malheur abêtit, je le sais bien.

— Eh bien, Jeanne, si vous le voulez, nous appellerons votre protégé Hannibal. La convenance de ce nom ne vous frappe pas tout d'abord. Mais l'angora qui le précéda dans la cité des livres et à qui j'avais l'habitude de faire mes confidences, car il était sage et discrète personne, se nommait Hamilcar. Il est naturel que ce nom engendre l'autre et qu'Hannibal succède à Hamilcar.

Nous tombâmes d'accord sur ce point.

— Hannibal! s'écria Jeanne, venez ici.

Hannibal, épouvanté par la sonorité étrange de son propre nom, s'alla tapir sous une bibliothèque dans un espace si petit qu'un rat n'y eût pas tenu

Voilà un grand nom bien porté!

J'étais ce jour-là d'humeur à travailler et j'avais trempé dans l'encrier le bec de ma plume, quand j'entendis qu'on sonnait. Si jamais quelques oisifs lisaient ces feuillets barbouillés par un vieillard sans imagination, ils riraient bien de ces coups de sonnette qui retentissent à tout moment dans le cours de mon récit, sans jamais introduire un personnage nouveau ni préparer une scène inattendue. Au rebours le théâtre. M. Scribe n'ouvre ses portes qu'à bon escient et pour le plus grand plaisir des dames et des demoiselles. C'est de l'art cela. Je me serais pendu plutôt que d'écrire un vaudeville, non par mépris de la vie, mais à cause que je ne saurais rien inventer de divertissant. Inventer! Il faut pour cela avoir reçu l'influence secrète Ce don me serait funeste. Voyez-vous que, dans mon histoire de l'abbaye de Saint-Germain des Prés, j'invente quelque moinillon. Que diraient les jeunes érudits? Quel scandale à l'École! Quant à l'Institut, il ne dirait rien et n'en penserait pas davantage. Mes confrères, s'ils écrivent encore un peu, ne lisent plus du tout. Ils sont de l'avis de Parny, qui disait :

> Une paisible indifférence
> Est la plus sage des vertus.

Être le moins possible pour être le mieux possible, c'est à quoi s'efforcent ces bouddhistes sans le savoir. S'il est plus sage sagesse, je l'irai dire à Rome. Tout cela à propos du coup de sonnette de M. Gélis.

Ce jeune homme a changé du tout au tout ses façons d'être. Il est maintenant aussi grave qu'il était léger, aussi taciturne qu'il était bavard. Jeanne suit cet exemple. Nous sommes dans la phase de la passion contenue. Car, tout vieux que je suis, je ne m'y trompe pas : ces deux enfants s'aiment avec force et durée. Jeanne l'évite maintenant ; elle se cache dans sa chambre quand il entre dans la bibliothèque. Mais qu'elle le retrouve bien quand elle est seule ! Seule, elle lui parle chaque soir dans la musique qu'elle joue sur le piano avec un accent rapide et vibrant qui est l'expression nouvelle de son âme nouvelle.

IL Y A ASSEZ LONGTEMPS QU'IL ATTEND DANS MON PETIT SALON.

Eh bien! pourquoi ne pas le dire? pourquoi ne pas avouer ma faiblesse? Mon égoïsme, si je me le cachais à moi-même, en deviendrait-il moins blâmable? Je le dirai donc : Oui, j'attendais autre chose; oui, je comptais la garder pour moi seul, comme mon enfant, comme ma petite fille, non toujours, pas même longtemps, mais quelques années encore. Je suis vieux Ne pourrait-elle attendre? Et, qui sait? la goutte et l'arthrite aidant, je n'aurais peut-être pas trop abusé de sa patience. C'était mon désir, c'était mon espoir. Je comptais sans elle, je comptais sans ce jeune étourdi. Mais, si le compte était mauvais, le mécompte n'en est pas moins cruel. Et puis, il me semble que tu te condamnes bien légèrement, mon ami Sylvestre Bonnard. Si tu voulais garder cette jeune fille quelques années encore, c'était dans son intérêt autant que dans le tien. Elle a beaucoup à apprendre et tu n'es pas un maître à dédaigner. Quand ce tabellion de Mouche, qui s'est livré depuis à une coquinerie si opportune, te fit l'honneur d'une visite, tu lui exposas ton système d'éducation avec la chaleur d'une âme bien éprise. Tout ton zèle tendait à l'appliquer, ce système. Jeanne est une ingrate et Gélis un séducteur.

Mais enfin, si je ne le mets pas à la porte, ce qui serait d'un goût et d'un sentiment détestables, il faut bien que je le reçoive; il y a assez longtemps qu'il attend dans mon petit salon, en face des vases de Sèvres qui me furent gracieusement donnés par le roi Louis-Philippe. Les *Moissonneurs* et les *Pêcheurs* de Léopold Robert sont peints sur ces vases de porcelaine que Gélis et Jeanne s'accordent à trouver affreux.

— Mon cher enfant, excusez-moi de ne

vous avoir pas reçu tout de suite. J'achevais un travail.

Je dis vrai : la méditation est un travail, mais Gélis ne l'entend pas ainsi ; il croit qu'il s'agit d'archéologie, et me souhaite de terminer bientôt mon histoire des abbés de Saint-Germain des Prés. C'est seulement après m'avoir donné cette marque d'intérêt qu'il me demande comment va mademoiselle Alexandre. A quoi je réponds : « Fort bien », d'un ton sec par lequel se relève mon autorité morale de tuteur.

Et après un moment de silence, nous causons de l'École, des publications nouvelles et du progrès des sciences historiques. Nous entrons dans les généralités. Les généralités sont d'une grande ressource. J'essaie d'inculquer à Gélis un peu de respect pour la génération d'historiens à laquelle j'appartiens. Je lui dis :

— L'histoire, qui était un art et qui comportait toutes les fantaisies de l'imagination, est devenue de notre temps une science à laquelle il faut procéder avec une rigoureuse méthode.

Gélis me demande la permission de n'être pas de mon avis. Il me déclare qu'il ne croit pas que l'histoire soit ni devienne jamais une science.

— Et d'abord, me dit-il, qu'est-ce que l'histoire ? La représentation écrite des événements passés. Mais qu'est-ce qu'un événement ? Est-ce un fait quelconque ? Non pas ! me dites-vous, c'est un fait notable. Or, comment l'historien juge-t-il qu'un fait est notable ou non ? Il en juge arbitrairement, selon son goût et son caprice, à son idée, en artiste enfin ! car les faits ne se divisent pas, de leur propre nature, en faits historiques et en faits non historiques. D'ailleurs un fait est quelque chose d'extrêmement complexe. L'historien représentera-t-il les faits dans leur complexité ? Non, cela est impossible. Il les représentera dénués de la plupart des particularités qui les constituent, par conséquent tronqués, mutilés, différents de ce qu'ils furent. Quant au rapport des faits entre eux, n'en parlons pas. Si un fait dit historique est amené, ce qui est possible, par un ou plusieurs faits non historiques et, comme tels, inconnus, le moyen, pour l'historien, je vous prie, de marquer la relation de ces faits entre eux ? Et je suppose dans tout ce que je dis là, monsieur Bonnard, que l'historien a sous les yeux des témoignages certains, tandis qu'en réalité, il n'accorde sa confiance à tel ou tel témoin que par des raisons de sentiment. L'histoire n'est pas une science, c'est un art et on n'y réussit que par l'imagination.

M. Gélis me rappelle en ce moment certain jeune fou que j'entendis un certain jour discourir à tort et à travers dans le jardin du Luxembourg, sous la statue de Marguerite de Navarre. Et voici qu'à un tournant de la conversation, nous nous rencontrons nez à nez avec Walter Scott, à qui mon jeune dédaigneux trouve un air rococo, troubadour et « dessus de pendule ». Ce sont ses propres expressions.

— Mais, dis-je, en m'échauffant pour la défense du père magnifique de Lucy et

ELLE APPELLE SON PROTÉGÉ.

de la jolie fille de Perth, tout le passé vit dans ses admirables romans; c'est de l'histoire, c'est de l'épopée!

C'est de la friperie, me répond Gélis. Et croiriez-vous que cet enfant insensé m'affirme qu'on ne peut, si savant qu'on soit, se figurer précisément comment les hommes vivaient il y a cinq ou dix siècles,

C'EN EST FAIT. ILS SONT FIANCÉS.

puisque ce n'est qu'à grand'peine qu'on se les figure à peu près comme ils étaient il y a dix ou quinze ans? Pour lui le poème historique, le roman historique, la peinture d'histoire sont des genres abominablement faux!

— Dans tous les arts, ajoute-t-il, l'artiste ne peint que son âme; son œuvre, quel qu'en soit le costume, est sa contemporaine par l'esprit. Qu'admirons-nous dans la *Divine Comédie*, sinon la grande âme de Dante? et les marbres de Michel-Ange, que nous représentent-ils d'extraordinaire, sinon Michel-Ange lui-même? Artiste, on donne sa propre vie à ses créations ou bien l'on taille des marionnettes et l'on habille des poupées.

Que de paradoxes et d'irrévérences! mais les audaces ne me déplaisent pas dans un jeune homme. Gélis se lève, et se rassied; je sais bien ce qui l'occupe et qui il attend. Le voici qui me parle des quinze cents francs qu'il gagne, auxquels il convient d'ajouter une petite rente de deux mille francs qu'il tient d'héritage. Je ne suis pas dupe de ses confidences. Je sais bien qu'il me fait ses petits comptes afin que je sache qu'il est un homme établi, rangé, casé, renté, pour tout dire : bon à marier. C. q. f. d., comme disent les géomètres.

Il s'est levé et rassis vingt fois. Il se lève une vingt et unième fois et, comme il n'a pas vu Jeanne, il sort désolé.

Sitôt qu'il est parti, Jeanne entre dans la cité des livres sous prétexe de surveiller

Hannibal. Elle est désolée et c'est d'une voix dolente qu'elle appelle son protégé pour lui donner du lait. Vois ce visage attristé, Bonnard! Tyran, contemple ton ouvrage. Tu les as tenus séparés, mais ils ont même visage, et tu vois, à l'expression pareille de leurs traits, qu'ils sont malgré toi unis de pensée. Cassandre, sois heureux! Bartholo, réjouis-toi! Ce que c'est que d'être tuteur! La voyez-vous, les deux genoux sur le tapis et la tête d'Hannibal dans les mains.

Oui! caresse ce stupide animal! plains-le! gémis sur lui! On sait, petite perfide, où vont vos soupirs et ce qui cause vos plaintes.

Cela fait un tableau que je contemple longtemps; puis, ayant jeté un regard sur ma bibliothèque :

— Jeanne, dis-je, tous ces livres m'ennuient; nous allons les vendre.

J'ai consulté Jeanne, mais avais-je besoin d'écouter sa réponse pour l'entendre? C'en est fait! ils sont fiancés.

20 septembre.

C'en est fait : ils sont fiancés. Gélis qui est orphelin, comme Jeanne est orpheline, m'a fait faire sa demande par un de ses professeurs, mien collègue, hautement estimé pour sa science et son caractère. Mais quel messager d'amour, juste ciel! Un ours, non pas ours des Pyrénées, mais ours de cabinet, et cette seconde variété est beaucoup plus féroce que la première.

— A tort ou à raison (à tort, selon moi) Gélis ne tient pas à la dot; il prend votre pupille avec sa chemise. Dites : oui, et l'affaire est faite. Dépêchez-vous, je voudrais vous montrer deux ou trois jetons de Lorraine assez curieux et que vous ne connaissez pas, j'en suis sûr.

C'est littéralement ce qu'il m'a dit. Je lui répondis que je consulterais Jeanne et je n'eus pas un mince plaisir à lui déclarer que ma pupille avait une dot.

La dot, la voilà! C'est ma bibliothèque. Henri et Jeanne sont à mille lieues de s'en douter, et c'est un fait qu'on me croit généralement plus riche que je ne suis. J'ai la mine d'un vieil avare. Voilà certainement une mine bien menteuse, et qui m'a valu beaucoup de considération. Il n'est sorte de personne que le monde respecte à l'égal d'un riche crasseux.

UN OURS.

Il ne va ni à mon caractère ni à ma figure d'épier ces deux jeunes gens pour noter ensuite leurs paroles et leurs gestes. *Noli me tangere*. C'est le mot des belles amours. Je sais mon devoir : il est de respecter le secret de cette âme innocente sur laquelle je veille. Qu'ils s'aiment, ces enfants! Rien de leurs longs épanchements, rien de leurs candides imprudences ne sera retenu sur ce cahier par le vieux tuteur dont l'autorité fut douce et dura si peu!

D'ailleurs, je ne me croise pas les bras et, s'ils ont leurs affaires, j'ai les miennes. Je dresse moi-même le catalogue de ma bibliothèque en vue d'une vente aux enchères. C'est une tâche qui m'afflige et m'amuse à la fois. Je la fais durer, peut-être un peu plus longtemps que de raison, et je feuillette ces exemplaires si familiers à ma pensée, à ma main, à mes yeux, au delà du nécessaire et de l'utile. C'est un adieu, et il fut de tout temps dans la nature de l'homme de prolonger les adieux.

Ce gros volume qui m'a tant servi depuis trente ans, puis-je le quitter sans les égards qu'on doit à un bon serviteur? Et celui-ci, qui m'a réconforté par sa saine doctrine, ne dois-je point le saluer une dernière fois, comme un maître? Mais chaque fois que je rencontre un volume qui m'a induit en erreur, qui m'a affligé par ses fausses dates, lacunes, mensonges et autres pestes de l'archéologue : — Va! lui dis-je avec une joie amère, va! imposteur, traître, faux témoin, fuis loin de moi, *vade retro*, et puisses-tu, indûment couvert d'or, grâce à ta réputation usurpée et à ton bel habit de maroquin, entrer dans la vitrine de quelque agent de change bibliomane, que tu ne pourras séduire comme tu m'as séduit, puisqu'il ne te lira jamais.

Je mettais à part, pour les garder toujours, les livres qui m'ont été donnés en souvenir. Quand je plaçai dans cette rangée le manuscrit de la *Légende dorée*, je pensai le baiser, en souvenir de madame Trépof qui resta reconnaissante malgré son élévation et ses richesses, et qui, pour se montrer mon obligée, devint ma bienfaitrice. J'avais donc une réserve. C'est alors que je connus le crime. Les tentations me venaient pendant la nuit; à l'aube, elles étaient irrésistibles. Alors, tandis que tout dormait encore dans la maison, je me levais et je sortais furtivement de ma chambre.

Puissances de l'ombre, fantômes de la nuit, si, vous attardant chez moi après le chant du coq, vous me vîtes alors me glisser sur la pointe des pieds dans la cité des livres, vous ne vous écriâtes certainement pas, comme madame Trépof à Naples : « Ce vieillard a un bon dos! » J'entrais; Hannibal, la queue toute droite, se frottait à mes jambes en ronronnant. Je saisissais un volume sur sa tablette, quelque vénérable gothique ou un noble poète de la Renaissance, le joyau, le trésor dont j'avais rêvé toute la nuit, je l'emportais et je le coulais au plus profond de l'armoire des ouvrages réservés, qui devenait pleine à en crever. C'est horrible à dire : je volais la dot de Jeanne. Et quand le crime était consommé, je me remettais à cataloguer vigoureusement jusqu'à ce que Jeanne vînt me consulter sur quelque détail de toilette ou de trousseau. Je ne comprenais jamais bien de quoi il s'agissait, faute de connaître le vocabulaire actuel de la couture et de la lingerie. Ah! si une fiancée du XIVe siècle venait par miracle me parler chiffons, à la bonne heure! je comprendrais son langage. Mais Jeanne n'est pas de mon temps, et je la renvoie à madame de Gabry qui, en ce moment, lui sert de mère.

La nuit vient, la nuit est venue! Accoudés à la fenêtre, nous regardons la vaste étendue sombre, criblée de pointes de lumière. Jeanne, penchée sur la barre d'appui, tient son front dans sa main et semble attristée. Je l'observe et je me dis en moi-même : « Tous les changements, même les plus souhaités ont leur mélancolie, car ce que nous quittons, c'est une partie de nous-mêmes; il faut mourir à une vie pour entrer dans une autre. »

Comme répondant à ma pensée, la jeune fille me dit :

— Mon tuteur, je suis bien heureuse, et pourtant j'ai envie de pleurer.

DERNIÈRE PAGE

21 août 1869.

Page quatre-vingt-septième... Encore une vingtaine de lignes et mon livre sur les insectes et les fleurs sera terminé. Page quatre-vingt-septième et dernière... « *Comme on vient de le voir, les visites des insectes ont une grande importance pour les plantes; ils se chargent en effet de transporter au pistil le pollen des étamines. Il semble que la fleur soit disposée et parée dans l'attente de cette visite nuptiale. Je crois avoir démontré que le nectaire de la fleur distille une liqueur sucrée qui attire l'insecte et l'oblige à opérer inconsciemment la fécondation directe ou croisée. Ce dernier mode est le plus fréquent. J'ai fait voir que les fleurs sont colorées et parfumées de manière à attirer les insectes et construites intérieurement de sorte à offrir à ces visiteurs un passage tel qu'en pénétrant dans la corolle, ils déposent sur le stigmate le pollen dont ils sont chargés. Sprengel, mon maître vénéré, disait à propos du duvet qui tapisse la corolle du géranium des bois : « Le sage auteur de la nature n'a pas voulu créer un seul poil inutile. » Je dis à mon tour : Si le lis des champs, dont parle l'Évangile, est plus richement vêtu que le roi Salomon, son manteau de pourpre est un manteau de noces et cette riche parure est une nécessité de sa perpétuelle existence*[1].

« *Brolles, le 21 août 1869.* »

1. M. Sylvestre Bonnard ne savait pas que de très illustres naturalistes faisaient en même temps que lui des recherches sur les rapports des insectes et des plantes. Il ignorait les travaux de M. Darwin, ceux du docteur Hermann Müller ainsi que les observations de sir John Lubbock. Il est à remarquer que les conclusions de M. Sylvestre Bonnard se rapprochent très sensiblement de celles de ces trois savants. Il est moins utile mais peut-être assez intéressant de remarquer que sir John Lubbock est, comme M. Bonnard, un archéologue adonné sur le tard aux sciences naturelles. (*Note de l'éditeur.*)

Brolles! Ma maison est la dernière qu'on trouve dans la rue du village, en allant à la forêt. C'est une maison à pignon dont le toit d'ardoise s'irise au soleil comme une gorge de pigeon. La girouette qui s'élève sur ce toit me vaut plus de considération dans le pays que tous mes travaux d'histoire et de philologie. Il n'y a pas un marmot qui ne connaisse la girouette de M. Bonnard. Elle est rouillée et grince aigrement au vent. Parfois elle refuse tout service, comme Thérèse qui se laisse aider, en grognant, par une jeune paysanne. La maison n'est pas grande, mais j'y vis à l'aise. Ma chambre a deux fenêtres et reçoit le premier soleil. Au-dessus est la chambre des enfants. Jeanne et Henri y viennent habiter deux fois l'an.

Le petit Sylvestre y avait son berceau. C'était un joli enfant, mais il était bien pâle. Quand il jouait sur l'herbe, sa mère le suivait d'un regard inquiet et à tout moment arrêtait son aiguille pour le reprendre sur ses genoux. Le pauvre petit ne voulait pas s'endormir. Il disait que quand il dormait il allait loin, bien loin, où c'était noir et où il voyait des choses qui lui faisaient peur et qu'il ne voulait plus voir.

Alors, sa mère m'appelait, et je m'asseyais près de son berceau : il prenait un de mes doigts dans sa petite main chaude et sèche et il me disait :

— Parrain, il faut que tu me contes une histoire.

Je lui faisais des contes de toute sorte, qu'il écoutait gravement. Tous l'intéressaient, mais il y en avait un surtout dont sa petite âme était émerveillée : c'était *l'Oiseau bleu*. Quand j'avais fini, il me disait :

— Encore! encore!

Je recommençais, et sa petite tête pâle et veinée tombait sur l'oreiller.

Le médecin répondait à toutes nos questions :

— Il n'a rien d'extraordinaire!

Non! le petit Sylvestre n'avait rien d'extraordinaire. Un soir de l'an dernier, son père m'appela :

— Venez, me dit-il; le petit est plus mal.

J'approchai du berceau près duquel la mère se tenait immobile, attachée par toutes les puissances de son âme.

Le petit Sylvestre tourna lentement vers moi ses prunelles qui montaient sous ses paupières et ne voulaient plus redescendre.

— Parrain, me dit-il, il ne faut plus me dire des histoires.

Non, il ne fallait plus lui dire des histoires!

Pauvre Jeanne, pauvre mère!

Je suis trop vieux pour rester bien sensible, mais, en vérité, c'est un mystère douloureux que la mort d'un enfant.

Aujourd'hui, le père et la mère sont revenus pour six semaines sous le toit du vieillard. Les voici qui reviennent de la forêt en se donnant le bras. Jeanne est serrée dans sa mante noire et Henry porte un crêpe à son chapeau de paille; mais ils sont tous deux brillants de jeunesse et ils se sourient doucement l'un à l'autre, ils sourient à la terre qui les porte, à l'air qui les baigne, à la lumière que chacun d'eux voit briller dans les yeux de l'autre. Je leur fais signe de ma fenêtre avec mon mouchoir, et ils sourient à ma vieillesse.

Jeanne monte lestement l'escalier, m'embrasse et murmure à mon oreille quelques mots que je devine plutôt que je ne les entends. Et je lui réponds :

— Dieu vous bénisse, Jeanne, vous et votre mari, dans votre postérité la plus reculée. *Et nunc dimittis servum tuum, Domine.*

1539-10. — Coulommiers. Imp. PAUL BRODARD. — 12-13.

NOUVELLE COLLECTION ILLUSTRÉE
CALMANN-LÉVY

L'ouvrage complet, **95** centimes. Relié, **1** fr. **50**.

ÉMILE ZOLA

Thérèse Raquin

Illustrations de LOBEL-RICHE

NOUVELLE COLLECTION ILLUSTRÉE
CALMANN-LÉVY

L'ouvrage complet, **95** centimes. Relié, **1** fr. **50**.

FRANÇOIS COPPÉE
De l'Académie française.

LES VRAIS RICHES

Illustrations de LOBEL-RICHE

NOUVELLE COLLECTION ILLUSTRÉE CALMANN-LÉVY

L'ouvrage complet, **95** centimes. Relié, **1** fr. **50**.

N° 1. Pierre Loti, *de l'Académie française*. . . . . **Pêcheur d'Islande.**
N° 2. Anatole France, *de l'Académie française*. . . **Le Crime de Sylvestre Bonnard.**
N° 3. Ludovic Halévy, *de l'Académie française*. . . **La Famille Cardinal.**
N° 4. François Coppée, *de l'Académie française*. . . **Le Coupable.**
N° 5. Jules Renard . . . . **Poil de Carotte.**
N° 6. René Bazin, *de l'Académie française*. . . . . **Donatienne**
N° 7. A. Dumas fils, *de l'Académie française*. . . . **La Dame aux Camélias.**
N° 8. Georges Courteline . . . . **Boubouroche.**
N° 9. Pierre Veber et Willy . . . . **Une Passade.**
N° 10. Jules Lemaitre, *de l'Académie française*. . . **Les Rois.**
N° 11. André Theuriet, *de l'Académie française*. . . **L'Oncle Scipion.**
N° 12. Alphonse Daudet . . . . **L'Immortel.**
N° 13. Prosper Mérimée, *de l'Académie française*. . **Diane de Turgis.**
N° 14. Gyp. . . . . **Le Mariage de Chiffon.**
N° 15. François Coppée, *de l'Académie française*. . **Toute une Jeunesse.**
N° 16. Abel Hermant. . . . . **Les Grands Bourgeois.**
N° 17. Henri de Régnier. . . . . **Les Vacances d'un jeune homme sage**
N° 18 Georges Courteline . . . . **Messieurs les Ronds-de-Cuir.**
N° 19 Octave Feuillet, *de l'Académie française*. . **Le Roman d'un jeune homme pauvre.**
N° 20. Marcelle Tinayre. . . . . **Avant l'Amour.**
N° 21. René Boylesve . . . . **Le Parfum des Iles Borromées.**
N° 22. André Theuriet, *de l'Académie française*. . . **Amour d'Automne.**
N° 23. Edmond de Goncourt. . . . . **La Fille Élisa.**
N° 24. Léon Frapié. . . . . **Marcelin Gayard.**
N° 25. René Bazin, *de l'Académie française*. . . . . **De toute son âme.**
N° 26. Alphonse Daudet . . . . **La Petite Paroisse.**
N° 27. Abel Hermant. . . . . **Confession d'un Enfant d'hier**
N° 28. George Sand. . . . . **Elle et Lui.**
N° 29. Marcelle Tinayre. . . . . **Hellé**
N° 30. Gyp . . . . **Joies d'Amour.**
N° 31. Henry Murger . . . . **Scènes de la Vie de Bohème.**
N° 32. Gustave Geffroy. . . . . **L'Apprentie.**
N° 33. A. Dumas fils, *de l'Académie française*. . . . **Affaire Clémenceau.**
N° 34. Georges Courteline. . . . . **Le Train de 8 h. 47.**
N° 35. Émile Zola . . . . **Thérèse Raquin.**
N° 36 Henry Murger. . . . . **Le Pays Latin.**
N° 37. Comte de Villiers de l'Isle-Adam . **Contes Cruels.**
N° 38. Alfred Capus. . . . . **Faux Départ.**
N° 39. George Sand . . . . **Indiana.**
N° 40. René Boylesve . . . . **La Becquée.**
N° 41. Abel Hermant. . . . . **Confession d'un homme d'aujourd'hui.**
N° 42. Jean Richepin, *de l'Académie française*. . . . **Miarka, La fille à l'ourse**
N° 43. André Theuriet, *de l'Académie française*. . . **Charme dangereux.**
N° 44. François Coppée, *de l'Académie française*. . . **Henriette.**
N° 45 Tristan Bernard . . . . **Amants et voleurs.**
N° 46. Léon Frapié. . . . . **La Maternelle.**
N° 47. Georges d'Esparbès. . . . . **Les Demi-Solde.**
N° 48 Alphonse Daudet . . . . **Fromont jeune et Risler aîné.**
N° 49. François Coppée, *de l'Académie française*. . . **Les vrais Riches.**

1539-10 — Coulommiers. Imp. Paul BRODARD. — 19952-11-10.

www.ingramcontent.com/pod-product-compliance
Ingram Content Group UK Ltd.
Pitfield, Milton Keynes, MK11 3LW, UK
UKHW031916260826
14628UKWH00003B/1239

9 782329 413013